深層政府 III

DEEP STATE

陰謀論事典4

超國家政府大重構

U0134638

前言

「深層政府」這名詞，近年由小衆話題，演變爲一般大衆也可能聽過的熱話。然而普羅大衆對深層政府的理解多屬片面，因此《深層政府　陰謀論事典》系列一步一步剖析這種幕後力量的組成元素：一羣追求財富、野心控制全球，站在國家之上的決策者，經歷超過一個世紀，如何由數代人所建立出來龐大網絡，一步一步蠶食各個國家，形成深層政府或影子政府。這就是本系列前兩集的脈絡。

來到《深層政府》第三集，作者先由基辛格這個受爭議的傳奇人物談起。他是諾貝爾和平獎得主，但有人認爲他是滿手血腥的搞局者，本書則指出他是深層政府的重要推手。權貴的黑幕可以有多黑？〈克林頓裹屍袋檔案〉將會揭露。人所共知的軍工復合體，本書亦會進一步剖析。

上兩集備受關注的秘密會社，今集作者將介紹幾個更鮮爲人知的組織——波希米亞俱樂部、克里維登集團，以及義大利P-2共濟會。公衆可能從未聽過這等組織，但它們的幕後影響力一點不低。

重頭戲之一是超越單一國家Deep State的「超國家深層政府」(Supranational Deep State, SDS)，一個由不同國家各自的深層政府共同構成的龐大黑暗聯盟。

作者重提9-11事件，闡述更多細節，以此事件爲例子向讀者展示「超國家深層政府」如何翻雲覆雨。更令人擔憂的是，表面上是爲人類未來著想的「大重構」(The Great Reset)，究竟內裡有什麼名目，它是否由深層政府所操盤的計劃，其實是否另一個「一個世界政府」(One-World Government)的變種？以上種種，本書均會一一細述。

目錄

CHAPTER **1**

美國手影

基辛格 - 深層政府幕後決策者

基辛格擁有超越政府的權力。縱容、授權、甚至進行入侵其他國家。世界每處發生的戰爭，總會發現基辛格的身影。基辛格的一生總是與外交和陰謀密不可分。

2023年11月29日，亨利·基辛格在位於美國康涅狄格州的家中去世，享高壽100歲。

亨利·基辛格作為洛克菲勒帝國的非官方特使和彼爾德伯格集團(Bilderberg Group)、外交關係委員會(The Council on Foreign Relations)、阿斯彭研究所(Aspen Institute)、波希米亞俱樂部(Bohemian Grove)、三邊委員會(Trilateral Commission)等的成員，基辛格處於權力結構的核心，與許多不為人知的行為密切相關以及全球力量的大戲。作為尼克遜總統和福特總統手下的國家安全顧問，曾一度兼任總統以下的國務卿，基辛格掌握著巨大的權力，並代表深層政府議程有效地運作，通常凌駕於總統的頭上。自1970年代正式上任以來，他一直作為包括總統和內閣成員在內的眾多高層人物的高級顧問，繼續制定政策。

基辛格

　　基辛格從1973年到1977年擔任美國國務卿，在尼克遜和福特總統旗下任職。他因在越南、中東，尤其是中國政策而聞名，爲尼克遜在1972年與中國建立關係鋪平了道路。在某些方面，基辛格的生活是一個有抱負的移民故事。一個美國夢的案例，一個德國出生的男孩通過智慧和努力達到了美國社會的最高階層。一項針對美國學者的調查將基辛格列爲過去50年來最有效的國務卿。希拉里·克林頓稱他爲「朋友」。然而，據Vox報導，包括伯尼·桑德斯（Bernie Sanders）和克里斯托弗·希欽斯（Christopher Hitchens）在內

的許多批評家對基辛格的評價非常嚴厲，希欽斯呼籲將他作爲戰犯審判。這個一直受到爭議的政客，我們就看看他的一生吧！

1923年11月希特拉的新興納粹黨發動了啤酒館政變，企圖推翻巴伐利亞政府，但未成功。十年後，希特勒將成爲總理，將德國變成一個專制政權，對德國的猶太人懷着強烈的敵意。1938年基辛格的家人逃離德國，搬到美國紐約居住。幸運的是，基辛格一定在11月9日至10日的水晶之夜之前離開了德國。水晶之夜也被稱爲碎玻璃之夜，是一場針對猶太人的大屠殺，導致91人死亡，7,500家猶太企業遭到搶劫，約1,000座猶太教堂遭到破壞。

基辛格很快就適應了美國的文化，但只要聽到基辛格的講話，就知道到他從未改變法蘭克德國口音。基辛格高中畢業就上大學了，他在一家老式的剃鬚刷工廠兼職工作以幫助支付賬單。亨利學習成績優異，也喜歡兼職工作。他在紐約城市學院學習會計，1943年，當他就讀於紐約市立學院的時候，受徵召入伍，在84步兵師（第970反情報集團軍）擔任德語翻譯兵，以諜報部隊身份被派遣到歐洲戰場，隸屬於戰略情報局。隨著聯軍向德國腹地推進，基辛格出色地安排和組織起德國平民，迅速晉升爲中士，並著手追捕蓋世太保軍官和其他破壞者，由於他的努力，他被授予銅星勳章。不久，年輕的基辛格承擔工作越來越多，權力越來越大，幫助被美國被佔領的德國去納粹化。傳聞說基辛格參與迴紋針計劃，秘密助納粹戰犯逃到美國。在部隊中他優越的洞察力被賞識，成爲了北約間諜學校的教官。這也爲越南戰爭時期他在國家安全保障會議下自設諜報委員會埋下伏筆。

基辛格的偶像

1946年回國後，進入哈佛大學學習，在1950年以一等榮譽取得政治學學士學位。博士畢業之後的基辛格開始在政治學部的教學工作，通過參加美國政府舉辦的外交問題評議會，爲同時代的外交政策提出積極建議。作爲一個渴望能對美國外交政策有更大影響的開明共和黨人，基辛格成了紐約州州長納爾遜‧洛克菲勒的支持者和顧問，洛克菲勒在1960年、1964年及1968年爭取成爲共和黨總統提名人。1968年，正在辦公室做文學研究的基辛格被學校的保安叫了下來，這讓基辛格一頭霧水，直到保安說有一封信要交給他。寫信的人正是參加大選的洛克菲勒，他可不是一般人。洛克菲勒曾掌管美國紐約州的財政、教育大權，在任期間洛克菲勒讓紐約州的財政收入增加了三倍不止，他可是基辛格在政壇的偶像，基辛格對其可謂是五體投地。而洛克菲勒找基辛格的原因很簡單，他希望基辛格能夠做他的外交大臣，幫助他戰勝尼克遜。

基辛格對自己的偶像可謂馬首是瞻，爲此他甚至大罵尼克遜是僞君子。但是尼克遜對基辛格罵他的事情毫不在意。後來尼克遜在大選中擊敗了洛克菲勒，同時也看中了基辛格的外交能力，決定聘請他擔任國家安全事務助理。究竟基辛格爲何答應尼克遜擔任這個職位？是權力，是金錢？還是其他原因？其中一個解釋是洛克菲勒叫基辛格進白宮權力核心，從而可以實行新世界秩序。事實上基辛格其後主導美國政府決策，的確做了很多種族滅絕行動。在尼克遜當選之後他成爲了國家安全委員會成員、總統顧問，當時尼克遜對他的提名甚至排在國務卿和國防部長之前，外界認爲是尼克遜對基辛

格抱有很大的期待。隨著越戰開始基辛格一步一步進入白宮核心。

　　基辛格在政府擔任各種職務並出版了《核武器與外交政策》等有影響力的書籍後，於1969年成為國家安全委員會主席，這一年反越戰運動舉行了規模最大的活動。根據已公開的政府文件，基辛格要求五角大樓概述在「印度支那」可能的轟炸戰略計劃，「印度支那」是包括越南、老撾和柬埔寨的前法國殖民地。很快，美國決定柬埔寨是美軍B-52轟炸機機隊的最佳目標。這是因為它擁有大片胡志明小道，越共用來將戰鬥機和裝備運送到南越。隨後的行動，是在完全保密的情況下進行的，因為基辛格知道國會必定反對轟炸一個中立的國家。

　　整個轟炸行動從1969年1月說起，尼克遜就職幾天後，國家安全顧問基辛格要求五角大樓列出他在「印度支那」的轟炸計劃。基辛格和尼克遜急於重新啟動它，鑑於政治局勢民眾支持停止轟炸，故此對基辛格來說這是一項艱鉅的任務，因為除了整個行動要絕對機密，更要控制傳媒不能作任何報導。

　　結果在眾多地區中最佳選擇是柬埔寨。美軍開始轟炸柬埔寨邊境，摧毀據稱位於那裡的敵人補給線、倉庫和基地。尼克遜和基辛格還認為，這樣的猛攻可能會迫使河內在談判桌上作出讓步。2月24日，基辛格和他的軍事助手亞歷山大·黑格上校(Alexander Meigs Haig)會見了空軍上校雷·西頓(Ray Sitton)，他是B-52轟炸機專家，開始計劃菜單，這是即將到來的轟炸行動的嚴峻烹飪代號。

鑑於尼克遜是承諾結束越南戰爭的情況下當選的，基辛格認爲僅僅將計劃列入「機密」類別並不足夠。他要絕對和完全保密，尤其是面對國會，更有必要。毫無疑問，國會對於撥款執行特定軍事任務所需的資金至關重要，但國會永遠不會批准針對未交戰的中立國家的轟炸行動。於是基辛格、黑格和西頓想出了一個巧妙的騙局。根據越南軍事行動指揮官克賴頓‧艾布拉姆斯將軍(Creighton Williams Abrams, Jr.)的建議，西頓列出想打擊的柬埔寨目標，然後由基辛格和黑格批准。接下來，他將目標的坐標回傳到西貢，一名信使將其送到雷達站，負責的軍官將在最後一刻將B-52轟炸南越上空切換到商定的柬埔寨目標。

親力親爲

隨後官員將燒毀任何可能揭示實際目標的相關地圖、電腦打印文件、雷達報告或消息。在辦公室設置了「一個完整的特殊熔爐」來處理這些文件記錄，艾布拉姆斯其後將在國會作證，他需要一天工作12小時來銷毀所有相關文件，然後寫下虛假的文件紀錄，表明這些架次已按計劃飛往南越進行任務。基辛格非常親力親爲。他全權控制這個地區的所有襲擊行動，西頓回憶說基辛格告訴他，「或者可以在那個地區發動襲擊。」利用他的權力明示或暗示轟炸哪一個目標。轟炸激發了這個國家安全顧問的活力。第一次襲擊發生在1969年3月18日。基辛格興高采烈說「眞的很興奮!」尼克遜的幕僚長鮑勃‧霍爾德曼(Harry Robbins "Bob" Haldeman)在日記中寫道。

事實上，他會監督/控制整個轟炸行為。正如記者（Seymour Hersh）後來所寫的那樣，「當軍人提出一份擬議的轟炸清單時，基辛格會重新設計任務，將十幾架飛機從一個地區轉移到另一個地區，然後改變轟炸運行的時間……[他]似乎喜歡扮演投彈手。」這種喜悅不僅限於柬埔寨。根據華盛頓郵報記者羅拔・邑梭・活華特（Robert Upshur Woodward）和卡爾・伯恩斯坦（Carl Bernstein）（揭穿水門事件醜聞的兩名華盛頓郵報記者）的說法，當北越的轟炸終於再次啟動時，基辛格「對炸彈坑的大小表達了熱情」。五角大樓的一份1973年發佈的聲明稱，「亨利 A. 基辛格批准了1969年和1970年對柬埔寨進行的3,875次轟炸襲擊中的每一次預定的目標」。總而言之，在1969年到1973年間，美國僅在柬埔寨就投下了50萬噸炸彈，造成至少10萬平民死亡。別忘了老撾以及越南北部和南部，B-52向兩地投下了100萬磅炸彈。基辛格在1972年4月轟炸北越港口城市海防後告訴尼克遜，他保證該戰略正在奏效：「我敢打賭，我們會那裡一天的飛機數量比前總統詹森一個月的飛機還要多……每架飛機的載重大約是二戰飛機的 10 倍。」

結果幾個月過去了，轟炸並沒有迫使河內政府進入談判桌。他權力來源是來自尼克遜，他是轟炸的倡導者。他向總統身邊的軍人展示了他是「鷹派中的鷹派」。但是即使是尼克遜也意識到轟炸行動是一條死胡同。在美軍向東南亞投下超過600萬噸炸彈的四年半時間裡，基辛格表明自己不是一個至高無上的政治現實主義者，而是這個星球上至高無上的理想主義者。他可以通過美軍強大力量迫使柬埔寨、老撾和北越等貧窮的農民國家屈服從於他。他崇尚權力，他

1972年12月29日，編號55-0100的B-52D於北越河內、北江、諒山、海防進行轟炸，代號「後衛II行動」。

相信炸彈可以強迫河內政府屈服。正如他當時所說，「我不相信像北越這樣的四流國家沒有突破點。」事實上轟炸行動確實產生了一個驚人的效果：它破壞了柬埔寨的穩定，引發了1970年的政變，進而引發了美國入侵，擴大了在農村發展的叛亂思想，進一步蠶食社會基礎，導致美國的轟炸升級，幾乎蔓延到全國，為種族滅絕的紅色高棉（赤柬）的崛起創造了條件。

在越戰後期，尼克遜和基辛格關係的一個決定性原則是尋求與蘇聯的緩和。當尼克遜在1969年上任時，他熱衷於在不丟臉的情況下減少美國的軍事承諾。在冷戰期間他尋求在越南實現和平與美蘇關係緩和，並與在中蘇分裂期間脫離蘇聯的中國開放進一步關係。

與蘇聯的外交是一個極其複雜的問題，但尼克遜以反共和「強硬的談判者」而享有盛譽，這使他有信心追求他所謂的和平，而不必擔心國會保守派議員的嚴厲批評。基辛格通過戰略武器限制談判(SALT)協助尼克遜，該談判以《反彈道導彈系統條約》和《限制進攻性戰略武器臨時協議和議定書》為特色。這些文件由尼克遜和總書記列昂尼德‧勃列日涅夫於1972年5月26日簽署。

秘密遊戲

1971年，基辛格離開伊斯蘭堡，宣稱躺了幾天，表面上是因為他生病了。實際上他已經飛往北京與中共秘密會面。《大西洋月刊》指出，中國和美國在意識形態上是對手，沒有正式關係，但正如他在1967年10月所寫的那樣，尼克遜一心要讓中國擺脫「憤怒的孤立」。南加州大學報導說，基辛格與周恩來總理進行了交談，並告訴他：「尼克遜總統堅信，一個強大和發展中的中華人民共和國不會對美國的任何基本利益構成威脅。我們兩國各有著如此悠久的友誼歷史。」會議取得了成功，基辛格將周恩來列為自戴高樂以來他見過的最令人印象深刻的政治家。正如白宮文件顯示的那樣，基辛格建議尼克遜可以在1972年春天訪華，但總統的訪問發生在更早的2月21日至28日，尼克遜將其描述為「改變世界的一周」。基辛格與中國的交往也許是他最持久的遺產。據《獨立報》報導，基辛格對其他世界領導人的吸引力，可能源於他成功地協調了尼克遜總統和毛澤東主席之間的會晤，這無疑將他從簡單的政治家提升到了偶象級的地位。

就在此時基辛格已成爲西方國家的和平推手，但是基辛格暗地裡繼續他的秘密遊戲。儘管被指控犯有種族滅絕罪，他仍支持巴基斯坦對抗孟加拉國。根據《血電報：尼克遜、基辛格和被遺忘的種族滅絕》(The Blood Telegram: Nixon, Kissinger, and a Forgotten Genocide)一書的作者加里巴斯(Gary J. Bass)的說法，一定年齡的印度人和孟加拉國人都記得亨利基辛格是一個「異常殘忍和冷酷的人」。這是因爲基辛格和尼克遜支持巴基斯坦對東巴基斯坦的血腥行動，東巴基斯坦於1971年成爲孟加拉國。據《紐約客》報導，巴基斯坦通過殺害200,000至300萬孟加拉人以防止獨立情況發生。另有1000萬難民逃往印度。美國國務院的一封題爲「選擇性種族滅絕」的電報生動地描述了這一暴行：「在達卡，我們是巴基斯坦軍隊恐怖統治的沉默和恐懼的目擊者」，並補充說「巴基斯坦的全面恐怖軍事暴行遲早會曝光。」哥倫比亞雜誌報導說，基辛格的反應是嘲笑爲「垂死的孟加拉人」，並補充說「我們不能讓我們和中國的朋友與俄羅斯的朋友發生衝突」。

1973年最荒謬的事情發生了，諾貝爾和平獎授予基辛格和黎德壽，因爲他們通過談判達成了《巴黎和平協定》，確保越南在全國範圍內實現停火，美軍全部撤離，並在60天內拆除所有美軍基地。此外制訂和平協定越南將在17度線保持分裂，國家統一將「通過和平方式」實現。對於這個獎項，基辛格表示，「我被諾貝爾和平獎的授予深深感動……我只能謙虛地接受這個獎項。」然而，黎德壽拒絕了這個獎項，因爲他不想和基辛格聯繫在一起。或者他也因爲自身的想法和盤算而拒絕諾貝爾和平獎，因爲黎德壽將監督1975年北越入侵

南越。許多人對基辛格的獲獎感到震驚,其中包括兩名諾貝爾委員會成員因抗議而辭職。

越南的好戲終止,不過基辛格卻沒有停止深層政府的計劃。贖罪日戰爭於1973年10月爆發,當時埃及和敘利亞在贖罪日的聖日在兩條戰線上襲擊了以色列。戰鬥起起落落,雙方代價高昂,直到10月26日根據聯合國的停火決議停止戰鬥。 根據 Jeremi Suri 的說法,基辛格此時介入並改變了中東的事態,成為「以色列人、埃及人和該地區其他主要參與者之間的主要談判代表」。基辛格的干預被稱為「穿梭外交」,指的是他如何在兩方戰鬥人員之間「穿梭」以促成交易並實現和平。在談判中基辛格具有能夠安撫以色列人和阿拉伯人的靈活性,這使他比被莫斯科「僵化的官僚」所困擾的蘇聯人獲得了更大的成功。雖然他成功地談判了埃及和以色列之間的邊界和緩衝區,但基辛格卻忽視了中東的其他地區,即巴勒斯坦,不過其他時事評論都認為基辛格是因以色列,而放棄整個巴勒斯坦。這將在21世紀仍然遭受巨大苦難的地區播下怨恨情緒。

與尼克遜不和

在中國、越南和中東取得成功後,尼克遜擔心基辛格讓他黯然失色。根據《名利場》的報導,尼克遜認為基辛格相信自己擁有超群的智慧,他是尼克遜的傀儡師。尼克遜還對基辛格在媒體中的受歡迎程度感到不滿,兩者開始不和。尼克遜甚至會在與白宮辦公廳主任鮑勃・霍爾德曼的對話中提到「基辛格的問題」。據報導,尼克遜曾說過,「亨利的性格問題太自我……我們難以相處。」

基辛格會用他標誌性的奉承來操縱尼克遜，但總統有時不相信他的奉承。尼克遜有時會反過來玩弄基辛格來控制他。例如尼克遜知道基辛格非常想成爲第一個秘密訪問中國的人，所以尼克遜推薦其他有能力的官員做這件事候選人，從而迫使基辛格向他忠心辦事，說明基辛格的權力來自總統。有時尼克遜會刻意在衆人面前，當面稱基辛格爲「我的猶太男孩」。與此同時基辛格私下稱他的總統上司爲「那個瘋子」、「我們醉酒的朋友」和「肉丸頭腦」。基辛格還鄙視尼克遜的助手，對英國大使說「我這輩子從來沒有遇到過這麼一幫自私自利的混蛋。」

從1969年到1977年，基辛格是美國外交政策中最具統治和控制能力的決策者，他與蘇聯和中國的打交道方面確實策劃了一些成功的策略。基辛格沒有參與發動越南戰爭，但他卻在越戰後期屠殺更加多國家的民衆。他確實爲結束戰爭付出了巨大的努力，他用更大的軍事力量試圖停止戰爭，結果他獲得了諾貝爾和平獎，儘管他精心策劃的停火在很大程度上是無效的。我同很多陰謀論研究者都同樣認爲得到諾貝爾和平獎的人，很多都是在背後做了極不和平的事情，另一個得獎者奧巴馬就是好例子。基辛格在1974年指導了備受爭議的「國家安全研究備忘錄200」，這是一份絕非和平的文件和/或計劃，這個計劃我會有另一篇文章講述。當大家研究已解密的文件，你會發現諾貝爾和平獎得主基辛格的政策絕不是和平的，而是冷酷和堅定地用國家的財產保護富人的利益，因爲最終目標一直是「全球治」理由基辛格推崇的超級富豪寡頭主導，說白一些他就是主導深層政府的最重要的人選。

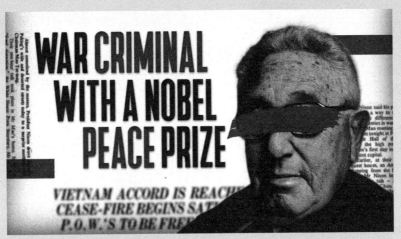

諾貝爾和平獎得主基辛格的政策絕不是和平的

　　基辛格擁有超越政府的權力。縱容、授權、甚至進行入侵，像印度尼西亞在東帝汶、巴基斯坦在孟加拉國、美國在柬埔寨、南越在老撾和南非在安哥拉。世界每處發生的戰爭，總會發現基辛格的身影。不過他在1990年8月上旬採取了唯一合乎邏輯和較有人性的立場，當薩達姆·侯賽因派伊拉克軍隊進入科威特時，基辛格譴責了這一行為。在任期間他努力提升巴格達的地區野心，扶持侯賽因成為中東軍事強人。基辛格作為私人顧問和專家，他建議侯賽因可以作為制衡伊朗想法，兩伊戰爭就由基辛格一手策動。隨著伊拉克入侵科威特，他意識到現在必須扭轉對科威特的吞併，解決吞併最好的辦法就發動另一場戰爭。

　　喬治·H·W·布殊總統很快發起了沙漠之盾行動（Operation

Desert Shield)，向沙特阿拉伯派遣了一支龐大的部隊。但一旦到了那裡，他們到底要做什麼？遏制伊拉克？攻擊並解放科威特？外交政策顧問或分析家之間仍然不能達成明確共識。保守派曾因抗擊冷戰而出名的人，提出了相互矛盾的建議。例如，前駐聯合國大使珍妮‧柯克帕特里克(Jeane Kirkpatrick) 反對對伊拉克採取任何行動。其他保守派指出，隨著冷戰的結束，伊拉克或當地酋長是否霸佔科威特的石油，只要它從地下開採出來，就無關緊要了。基辛格在反對所謂的美國「新孤立主義者」方面堅持關鍵立場。布殊在科威特的下一步行動，武力行動已經是唯一選舉，布殊甚至私下認爲沉默就是毀掉他的政府。解放科威特將成爲布殊在沙特阿拉伯的「武力展示」。他遊說不願在海灣地區發動十字軍東征的官員，堅持用冷戰式的措辭，不能再用和平手段，官員的和平建議無異於叫布殊「退位」。事實上他可能是第一個將薩達姆‧侯賽因與希特勒相提並論的人。

1991年沙漠風暴行動，美國空軍第四戰鬥機聯隊的飛機飛越科威特。

深層政府開動它們的傳媒機器，在評論文章、電視節目和國會證詞中，基辛格有力地主張干預，包括「手術式和漸進式破壞」、「毀滅伊拉克的軍事資產」和伊拉克領導人下台。基辛格堅稱美國已沒有回頭路了。結果他再次成為了風雲人物。但自1970年以來，人們的和平期望發生了變化！當布殊總統於1991年1月17日派出轟炸機時，它就在公眾的視線中，展示在人的眼球裡。戰爭不需要秘密面紗，沒有秘密熔爐，沒有燒毀的文件，也沒有偽造的飛行報告。在政治家和權威人士之間長達四個月的直播辯論之後，隨著電視攝像機的滾動，「智能炸彈」照亮了巴格達和科威特城的天空。夜視設備、實時衛星通信和前美國指揮官準備好以足球播音員的方式講述戰爭，直到即時回放。關於這次襲擊，「這……這不是一場電視直播節目。這是一場戰爭。」基辛格本人無處不在，美國廣播公司、美國全國廣播公司、哥倫比亞廣播公司、美國公共廣播公司、廣播電台、報紙，提出了他的意見。「我認為一切都很順利」，當晚他對丹·拉瑟說。這將是布殊總統如此明顯無所不能的技術展示，以至於布殊總統得到了基辛格和尼克遜從未夢想過的那種大眾認可。隨著電視新聞的播出，美國即時心理上的滿足，美國有足夠能力維護世界和平，明確地展示總統得到了公眾的支持。1月18日，單是這一天在這次襲擊中，哥倫比亞廣播公司宣佈一項新的民意調查：「表明非常強烈支持布殊先生的海灣攻勢」。布殊得意洋洋地說，「我們一勞永逸地擺脫了越南綜合症。」薩達姆·侯賽因的軍隊很快被趕出科威特，結果似乎證明了基辛格和尼克遜在柬埔寨秘密空襲背後的邏輯：美國應該可以自由使用任何必要的軍事力量來取得政治成果。似乎基辛格長期以來想締造的生活模式的世界終於要實現了。

製造新戰爭　制止舊戰爭

雖然薩達姆侯賽因仍然在巴格達掌權，給布殊的繼任者克林頓帶來巨大的問題。越來越嚴厲的制裁，對巴格達發動巡航導彈襲擊，只會加劇危機。伊拉克民眾被美國導彈殺死，只會令復興黨政權拒絕讓步。基辛格以一種超然的娛樂方式注視著這局面。在某種程度上克林頓在追隨他的步伐：他正在轟炸一個美國未與之交戰的國家，並且未經國會批准，部分是爲了安撫軍國主義右翼。在一次紀念結束越南戰爭的協議 25 週年會議上，基辛格表達了他對伊拉克的看法。他說，真正的問題是與他談判的意願，就像他和尼克遜在東南亞所做的那樣。「無論我們對與錯」，基辛格補充道，「真的是次要的。」製造新的戰爭來制止舊的戰爭，已經成爲常態。軍工企業，深層政府樂見其成。

所以毫不奇怪，在9/11之後，基辛格對布殊的軍事行動，絕對是一個支持者。例如，2002 年 8 月 9 日，他在辛迪加專欄中支持伊拉克政權更迭的政策，承認美國先發制人的概念與現代國際法背道而馳，但由於超越民族國家的恐怖主義的威脅，它仍然是必要的。而且還有「另一個通常未說明的理由將伊拉克問題推到頂點」，總之將伊拉克說成西方世界的頭號敵人。證明任何對恐怖主義或對國際秩序的系統性攻擊也會對肇事者及其支持者造成災難性後果。換句話說，要以基辛格的方式受到美國政府中最鷹派的軍人和政客的青睞，最終沒有任何原因之下，巴格達的復興黨成爲美國政府的敵人。伊拉克既沒有參與9/11也沒有支持9/11的肇事者。不到三週後，副總統切尼在對外戰爭退伍軍人全國代表大會之前闡述了他入

侵伊拉克的理由，直接引自基辛格的說話。「正如前國務卿基辛格最近所說」，切尼說，「必須採取先發制人的行動」。

　　2005年，在費盧杰(Fallujah)和阿布格萊布(Abu Ghraib)事件之後，在操縱媒體以平息反對入侵伊拉克的事件曝光之後，真正受益者顯然是美國另一個敵人——伊朗。米高‧格森(Michael Gerson)，喬治‧W‧布殊的演講撰稿人，在紐約訪問了基辛格。當時公眾對戰爭的支持率直線下降，布殊發動戰爭的理由也在擴大，這是美國的「責任」。他在當年早些時候的第二次就職演說中宣佈，就是「除掉世界的邪惡」。幫助撰寫那篇演講的格爾森問基辛格他對此有何看法。「起初我很震驚」，基辛格說，但後來他出於實用性原因(戰爭是維護和平唯一的做法)開始欣賞它。在《否認的狀態》一書中，他表示相信了演講：「這是有目的性的，而且是非常聰明的舉措，因為戰爭的合理性，就是由德高望重的人背書，將反恐戰爭和美國的整體外交政策置於美國價值觀的背景下。這將有助於維持長期由深層政府控制下的競選活動。」在那次會議上，基辛格給了格爾森一份他在1969年寫給尼克遜的臭名昭著的備忘錄，並要求他把它轉交給布殊。當美軍越多回家，要求就越多。基辛格告訴格爾森，一旦開始撤軍，「維持那些留下來的人的士氣將變得越來越難，更不用說他們的母親了。」基辛格隨後回憶起越南，提醒格爾森通過談判提供的激勵措施，甚至可使用威脅手段，不必受到約束。例如，他提出了他向北越發出的眾多「主要」最後通牒之一，警告「如果他們不提供讓美國『光榮地』撤出越南所需的讓步，將會造成可怕的後果。」「我沒有足夠的權力」，基辛格在三十多年後總結了他的經歷。

當談到美國鷹派思維時，傳統智慧將理想主義者薩曼莎鮑爾（Samantha Power）和現實主義者基辛格置於光譜的兩端。正如基辛格本人所指出的那樣，傳統智慧是錯誤的。在宣傳他的著作《世界秩序》時，他將過往的屠殺別國人民的做法推向奧巴馬，將那些受質疑、有爭議的政策完全推卸。他說他在柬埔寨對B-52所做的與總統在巴基斯坦、索馬里和也門對無人機所做的沒有區別。他對奧巴馬在利比亞以及在敘利亞所做的事情追溯過去，證明了他的行為是合理的。當然，基辛格的辯護在一定程度上是愚蠢的，尤其是他荒謬的言論，卽他在柬埔寨投下的50萬噸炸彈造成的平民死亡人數，與奧巴馬無人機的地獄火導彈造成的平民死亡人數，兩者實在相差太遠；歸咎無人機襲擊死亡人數高約1,000名。雖然兩者之間其實分別不大，都係以武力屠殺無辜的平民。他在1960年代後期為辯護他在柬埔寨和老撾的非法和秘密戰爭的許多政治論點，在當時被認為遠遠超出主流思想，但毫無疑問當今已經合理化。尤其是美國有權侵犯中立國主權以摧毀敵人避難所的想法。「如果你威脅到美國，你將找不到避風港」，奧巴馬曾經說過，又向基辛格提供追溯性赦免。這番話可以說明，從布殊開始的歷任美國總統已經以基辛格思想來作國策。不論是否相信陰謀論，發動戰爭已是美國總統的常態。

基辛格被包括外交事務領域的許多人稱為20世紀的「現實政治」人物。傑雷米·蘇里（Jeremi Suri）將現實政治描述為「專注於世界上的權力中心並……操縱這些權力中心，為自己國家的利益服務」，並補充說現實政治通過「權力等級」來看待世界。這種觀點使基辛格認識並操縱美國盟友及其敵人的權力。基辛格沒有以麥卡錫式的方式拒

絕對手，而是承認對手的力量並與之合作。他在看到其他任何事物之前先看見權力，無論是種族、信仰還是階級。然而，如此強調權力，對沒有權力的國家毫無好處。缺乏財富和權力的非洲國家沒有在基辛格的雷達上註冊。這些國家沒有什麼可以提供給美國，所以基辛格也沒有關顧他們。所謂現實政治適用於外交棋手，而不是人道主義者。深層政府利益已高於國家！現實政治使他的決定無論好壞都變得清晰。他能夠確保美國與蘇聯的局勢緩和，這促使尼克遜在就職演說中將其描述為「談判時代」的合作。基辛格經常放棄權力較小者，轉而支持權力較大者，例如支持巴基斯坦對抗孟加拉國，多場非合理化的戰爭甚至可稱為「屠殺和強姦的證據」。蘇里將基辛格描述為「終極接吻戲」。顯然基辛格在美國內和國際上都使用了這種方法，奉承勃列日涅夫和毛澤東等人，對政治強者擦鞋，表揚他們是「20世紀歷史上最偉大的領導人」。

　　基辛格明白每個人，尤其是虛榮心重、自大的獨裁者都喜歡奉承，他也相應地投其所好。基辛格通過簡單有效的個人方式加強了他的操縱力。蘇瑞描述基辛格的操縱方式：「他建立了一種關係……以一種近乎黑幫的方式。」「你需要做點什麼嗎老闆？我會做的，別忘了我這樣做是為了你。」他通過「自我和表現」建立個人依賴關係，尤其是與尼克遜。基辛格將這些人際交往技巧持續到了晚年。當蘇瑞為他的書《亨利·基辛格和美國世紀》做研究時，他採訪了基辛格幾次。蘇瑞形容他「非常迷人，同時又非常討厭」，並補充說他「非常擅長提出自己的理由，他會說服你的。」

儘管有訴訟和引渡威脅，以及要求正式回答有關他在1973年9月11日智利政變中所扮演的角色，包括謀殺一名將軍；智利、阿根廷、西班牙和法國甚至發出逮捕令，基辛格仍然是凌駕於法律之上。直到現在他依然迴避任何指控，就像2011年在瑞士舉行的彼爾德伯格會議期間，他依然是深層政府最佳的智囊。私下裡他在外交上凌駕於法律之上，幾乎沒有人敢追究這位美國外交官，而媒體和政客的建制骨幹則一直像守護神一樣討好他。

　　基辛格曾經說：「在《信息自由法》出台之前，我曾經在會議上說，『違法的我們馬上做；違憲的需要更長的時間』，但自從有了《信息自由法》，我就不敢說這樣的話了。」顯然基辛格很喜歡控制其他人的生死，製造世界不穩定、戰爭和核威脅，他喜歡黑暗、站於陰影之中，喜歡做背後的操縱者。基辛格的一生總是與外交和陰謀密不可分。

基辛格種族滅絕報告

要知道基辛格的「驚人計劃」，我們需要了解「國家安全研究備忘錄第200號」（即National Security Study Memorandum 200或簡稱NSSM-200）。

　　國家安全研究備忘錄第200號是指在時任美國國務卿亨利·基辛格主導下，由美國國家安全委員會(The United States National Security Council)於20世紀六、七十年代完成的、一份題爲「世界人口增長對美國國家安全和海外利益影響」的報告。

　　NSSM-200是美國政府對私營部門，尤其是在1960年代後期對世界的秘密行動的解釋，旨在減少地球人口，否則人類必定滅亡。這些人口控制倡導者中的大多數都被遺忘了，但今天仍然爲人所知的是保羅·埃利希。他1969年出版的著作《人口炸彈》推廣了一種已經在世界各地的老手和精英中廣爲流行的觀點。由於

《國家安全研究備忘錄第200號》

27

政治壓力越來越大，人口「專家」要求他們的專業知識得到承認和實施。最後在1969年，美國總統尼克遜發表演講，呼籲制定國家人口政策。聯邦對國內人口控制的資助始於1970年，它開始將數百萬美元用於「計劃生育」（「人口控制」的委婉說法），並成立了人口事務辦公室。這個辦公室現在仍然存在。

1972年，尼克遜要求通過後來的洛克菲勒委員會報告向他提交一份報告。該委員會主要由私營部門的個人和組織組成，其中包括Bernard Bereleson（人口委員會主席）和Frederick Jaffe Memo（計劃生育人口副主席）等人。該委員會的報告於1972年提交給總統，但尼克遜害怕失去傳統上反對節制生育的南方白人和北方天主教徒的選票，公開拒絕了該報告中的基本觀點。此後美國高層傾向於秘密控制全球人口增長。

儘管尼克鬆對洛克菲勒報告的反應很平靜，但尼克遜指示他的國家安全顧問基辛格分析人口控制是否適用於其他國家，特別是「發展中國家」充滿「人口過剩問題」，並考慮干頂過度的影響——這些國家的人口對美國的安全。1974年4月24日，基辛格向多個聯邦機構發出指令，要求研究此事並提出建議。1974年12月提交給總統的最終報告明確承認「問題」是全球性的（因此包括美國），但挑選出14個國家進行更直接的人口減少工作。

此報告於1975年由福特總統簽署成為美國政府官方政策。該報告最初是秘密制訂，隨後解密，在20世紀90年代早期被學者們

獲取。

此報告的基本內容是：欠發達國家(LDC)的人口增長對於美國國家安全是一個隱患。因爲那樣可能導致有經濟增長潛力的國家內部不穩定和政治動蕩。該政策強調了人口控制措施的重要性，以及推動13個美國認爲人口增長對該國政治經濟發展有害的大國實施人口控制。這些國家被認爲很關鍵，因爲「美國經濟將需要從國外大量進口礦物」，而這些國家有可能產生對美國不利的力量。報告建議美國領導層去「影響國家領袖」，以及採取大衆傳媒和其他教育和鼓勵項目，以「增進世界範圍內的和人口有關的努力」。

基辛格報告

1974年4月24日，美國總統尼克遜命令美國國家安全委員會在基辛格的指導下，研究世界人口增長對美國國家利益的影響，並提出對策。這項秘密的研究被稱爲國家安全研究備忘錄第200號(National Security Study Memorandum 200，簡稱NSSM-200)，也稱爲基辛格報告(The Kissinger Report)。基辛格報告於1974年12月10日完成，但尼克遜已因水門事件於同年8月9日下台，報告所提議的政策遂由福特政府秘密實施。該報告於1989年7月8日解密。

基辛格報告的秘密級別屬於 confidential（confidential之上還有兩個級別，secret 和 top secret），該級別的秘密文件，應該在文件產生後的次年算起，於第六年的年底解密(https://www.law.cornell.edu/cfr/text/18/3a.22)。例如，這篇報告寫於1974年，從1975

年起開始算，滿六年解密。卽按一般解密時間表，該報告應於1980年12月31日解密。但是我們知道它實際上1989年才被解密，這是因爲該報告還有一句加粗的話「本文件只能由白宮解密」。

National Security Study Memorandum

NSSM 200

Implications of Worldwide Population Growth
For U.S. Security and Overseas Interests
(THE KISSINGER REPORT)

December 10, 1974

CLASSIFIED BY Harry C. Blaney, III
SUBJECT TO GENERAL DECLASSIFICATION SCHEDULE
OF EXECUTIVE ORDER 11652 AUTOMATICALLY DOWN-
GRADED AT TWO YEAR INTERVALS AND DECLASSIFIED
ON DECEMBER 31, 1980.

This document can only be declassified by the White House.

Declassified/Released on 7/3/89
under provisions of E.O. 12356
by F. Graboske, National Security Council

此文件只能由白宮解密。

報告的要點

(1)美國需要對欠發達國家的礦物資源作廣泛的獲取。

(2)資源向美國流入的穩定性可能會受到欠發達國家的政府行動、

勞工衝突、人爲破壞和國內失序的威脅。這些威脅會因人口壓力而變得更有可能出現。

(3)年輕人口更有可能挑戰帝國主義和世界權力結構，所以他們的人數要盡量地保持在低水平。

(4)所以，美國必須確保關鍵性的欠發達國家的領導人，會繞過人民的意願而控制本國人口。

(5)計劃實施的關鍵部分包括：

· 確認主要目標──代表了世界近半人口增長的13個關鍵國家。

· 征召盡可能多的多邊人口控制組織在這一世界範圍內的項目上。

· 認識到沒有國家能夠不訴諸合法的墮胎就控制住人口。

· 爲各國設計帶有金錢刺激的項目，以增加它們的墮胎率、絕育率和避孕率。

· 對欠發達國家的小孩，尤其是小學生和幼齡孩子，集中「灌輸」(indoctrination)小家庭的好處。

· 設計和鼓勵宣傳節目和性教育課程，用來說服人們忽略社會和文化因素而少生孩子。

· 調研強制性人口控制計劃的可行性。

· 考慮其它強制性措施，比如爲欠發達國家提供災害和食品援助，必須以該國家實行人口控制計劃爲前提。

(6)在整個實施過程中，美國必須隱藏它的意圖，並將這項計劃僞裝成利他主義的行爲，否則會遭到激烈的反對。美國必須讓欠發達國家的領導人和人民確信，減少人口是爲了他們自己的

利益，這樣才能隱藏美國需要廉價獲得他們的自然資源這一事實。美國還必須掩蓋或者分散人們對這一眞相的關注：對發展和健康項目的資金一直在縮減，而人口控制計劃的資金一直在增長。

(7)「第三世界」的國家領導人應當站在最前線，獲得計劃成功所帶來的榮譽。

美國政府控制人口的起源

美國國家安全委員會是美國外交政策的最高決策機構。1974年12月10日，它完成了一份名爲《國家安全研究備忘錄》或NSSM-200的絕密文件，也稱爲《基辛格報告》。

這份文件是在布加勒斯特舉行的第一次大型國際人口會議後不久出版的，是以下各方合作的結果：中央情報局，美國國際開發署（USAID）、國務院、國防部和農業部。NSSM-200在解密時公開，並於1990年轉移到美國國家檔案館。儘管美國政府自1974年以來發佈了數百份涉及美國國家安全各個方面的政策文件，但《基辛格報告》仍然是美國政府人口控制的基礎文件。因此它繼續代表美國政府人口控制的官方政策，事實上，它仍然發佈在美國國際開發署網站上。NSSM-200對全世界的反墮胎工作者至關重要，因爲它完全暴露了不道德的人口控制行爲的動機和方法，令人討厭。

「我們可以利用這份寶貴的文件揭露無良政府和『援助』機構用來使發展中國家屈從於自己意願的策略。」

1973年7月6日，總統顧問亨利‧基辛格在加利福尼亞州聖克萊門特的「西方白宮」會見記者

基辛格報告 NSSM-200 的目的

美國政府控制人口的主要目的是維持對欠發達國家或LDC礦產資源的獲取。美國經濟需要大量且越來越多的來自國外的礦產，尤其是來自欠發達國家的礦產。這一事實使美國更加關注供應國的政治、經濟和社會穩定。通過降低出生率來減輕人口壓力可以增加前景穩定性，人口政策變得與資源供應和美國的經濟利益相關。爲了保護美國的商業利益，NSSM-200列舉了一些可能中斷從最不發達國家流入材料因素，其中包括大量的反帝青年，他們的數量必須受到人口控制的限制。

該文件按名稱確定了13個國家，這些國家將成爲美國政府人

口控制工作的主要目標。在「集中於關鍵國家」的標題下，我們發現美國對人口控制的重點放在有特殊政治和戰略利益、最大和增長迅速的發展中國家。

這些國家是：印度、孟加拉國、巴基斯坦、尼日利亞、墨西哥、印度尼西亞、巴西、菲律賓、泰國、埃及、土耳其、埃塞俄比亞、哥倫比亞。

與此同時，美國將尋求多邊機構支援，特別是聯合國人口活動基金，該基金已經在80多個國家開展了項目，以在更廣泛的基礎上增加美國的捐款，以資助人口控制的活動。這在美國的利益方面是可取的，在聯合國的政治方面是必要的。

根據基辛格報告，政府人口控制計劃的實施要素可能包括：

墮胎合法化；對各國增加墮胎、絕育和避孕使用率的財政激勵；對兒童灌輸有關概念；強制人口控制和其他形式的脅迫，例如不提供災難和糧食援助；在最不發達國家實施人口控制計劃。最後一種策略是：對發展中國家施加武力和脅迫。

1. 當尼日利亞拒絕將避孕和同性戀合法化時，美國撤回了財政和軍事援助，使其不能夠打擊伊斯蘭恐怖組織博科哈雷姆，該組織在尼日利亞謀殺和綁架了數萬人。

2. 當厄瓜多爾拒絕將墮胎合法化時，聯合國拒絕為其抗擊疫情提供任何援助，變相將更多厄瓜多爾人判處死刑。

3. 當肯尼亞的反墮胎者收集到無可辯駁的證據表明世界上最大的墮胎組織之一瑪麗斯托普斯國際(MSI)正在大規模實施非法和危險的墮胎時，MSI 要求他們要麼被戴上嘴，要麼被監禁。

4. 聯合國人口基金停止向數百萬飢餓的也門人提供食品和其他援助，因為該國拒絕將墮胎合法化。

5. 當贊比亞拒絕將雞姦合法化時，美國撤回了急需的外國援助，這些援助本來用作幫助緩解11%的全國愛滋病毒感染率及照顧250,000 名愛滋病孤兒。

6. 聯合國愛滋病聯合規劃署(UNAIDS)威脅要從加勒比海聖盧西亞島撤出所有援助，除非它在關於愛滋病毒／愛滋病的政治宣言中批准支持墮胎和同性戀。

強大的人口控制根本不是慈善事業，而是肆無忌憚地通過行凶和欺凌來執行自己的意志。聯合國和各種非政府組織，特別是，

探路者基金(The Pathfinder Fund)、國際計劃生育基金會(The International Planned Parenthood Foundation, IPPF)、人口委員會(The Population Council)這些組織都是……做它的骯髒工作。

艾倫·古特馬赫博士(Dr. Alan Guttmacher)是有史以來知識最淵博、最活躍的人口抑制專家之一，他描述了這一策略：

「我自己的感覺是，我們必須全力以赴，讓聯合國參與進來……如果你要控制人口，非常重要的是不要讓『該死的洋基』來做，而是讓聯合國來做。如果美國對黑人或黃種人說『放慢你的生育率』，我們立即被懷疑是別有用心讓白人繼續統治世界。如果你能派出一支色彩繽紛的聯合國部隊，你就有了更好的籌碼。」

據《紐約時報》報導，截至2016年，每年仍有400萬例輸卵管結紮手術。該項目繼續由美國和其他西方政府和基金會資助。目前沒有停止絕育的計劃，但印度政府正在推出免費注射避孕藥，這也將對女性的健康產生重大負面影響。

世界人口趨勢

1. 第二次世界大戰以來的世界人口增長無論在數量或是質量上都與人類歷史上任何一個時代有所不同。死亡率迅速下降，而相應的出生率下降根本無法與之相比，這使得世界人口的總增長率接近每年2%，而這一數字在第二次世界大戰前約為1%，1750—1900年間為0.5%，1750年之前則低得多。結果是世界人口在35年而不是100年內翻了一番。現在每年世界人口增加近8000萬，而1900年時每年只增加1000萬。

2. 人口趨勢的第二個新特點是富國和窮國間的急劇分化。自1950年以來，富裕國家的人口年增長率為0—1.5%，而貧窮國家為

2.0%—3.5%（即20到35年人口就翻一番）。增長率最高的某些地區位於目前人口密集、資源基礎薄弱的地區。

3. 由於人口的動力學慣性，出生率的下降只能緩慢地影響人口總數。近年來的高出生率已經導致年齡分組中年紀最小的組所占的比例較高，因此即便兩個孩子的家庭在將來會成爲常態，大量人口增加仍會持續許多年。降低出生率的政策只有到幾十年後才會對人口總數產生主要影響。但是，如果要讓未來的人口數保持在合理的範圍內，就迫切需要在七八十年代開始實行降低生育率的措施並使之生效。此外，從現在開始就降低出生率的方案會讓發展中國家擁有短期發展優勢，因爲它將降低發展中國家對糧食、健康、教育及其他服務的需求，增加其對生產性投資的投入，從而加速其發展。

4. 聯合國以1970年的世界人口總數36億爲基礎（目前有近40億了），預計到2000年的人口總數約爲60至80億，而美國的中位估計爲64億。美國的中位預測顯示，到2075年，世界人口將達到120億，這表明南亞、東南亞及拉丁美洲的人口將增長5倍，而非洲將增長7倍，相比之下，東亞人口將翻一番，目前的發達國家將增長40%。包括聯合國和美國人口委員會在內的大部分人口統計學家認爲，即使在生育控制方面做出巨大努力，世界人口水平仍最可能穩定在100—130億。（這些數字假定全世界的糧食生產和分配充足，可以避免受到飢荒的限制。）

NSSM-200中的人口控制策略大綱

NSSM-200明確列出了美國政府積極促進發展中國家人口控制

的詳細戰略，以規範（或更好地獲取）這些國家的自然資源。

以下大綱顯示了該計劃的要素，以及來自NSSM-200的實際支持引用：

美國需要廣泛獲取不發達國家的礦產資源。

不發達國家的政府行動、勞資衝突、破壞活動或內亂均可能會危及美國的資源順暢流動，如果人口壓力是一個因素，則更有可能發生這種情況：「在人口增長緩慢或爲零的情況下，這種挫敗感的可能性要小得多。」

年輕人更有可能挑戰帝國主義和世界權力結構，因此應盡可能減少他們的人數：「這些年輕人更容易被說服攻擊政府的法律機構或『建制派』、『帝國主義者』、跨國公司或其他——通常是外國的——影響他們的麻煩的不動產。」

因此，美國必須誘使最不發達國家的主要領導人制定人口控制的政策，同時繞過其人民的意願：「美國應鼓勵最不發達國家領導人在多邊組織內，以及其他最不發達國家的雙邊接觸，帶頭推進計劃生育和穩定人口。」

政府實施人口控制的關鍵要素包括：「確定主要目標，這些國家是：印度、孟加拉國、巴基斯坦、尼日利亞、墨西哥、印度尼

西亞、巴西、菲律賓、泰國、埃及、土耳其、埃塞俄比亞和哥倫比亞。」

在這個世界性項目中盡量爭取多邊人口控制組織的幫助，以轉移外界對帝國主義的批評和指控：「美國將求助於多邊機構，特別是聯合國人口活動基金，該基金已經在80多個國家開展了項目，以在更廣泛的基礎上通過增加美國的捐款來增加人口援助。」

認識到這一點，「沒有一個國家在不訴諸墮胎的情況下能減少人口增長。」

爲各國設計具有財政激勵措施的計劃，以提高其墮胎、絕育和避孕使用率：「向最不發達國家的婦女支付墮胎費用作爲計劃生育的一種方法⋯⋯同樣，在印度也有一些有爭議但非常成功的實驗，其中使用經濟激勵措施以及其他激勵手段，來獲得大量男性接受輸精管切除術。」

專注於「灌輸」(NSSM-200的語言)最不發達國家的兒童進行反生育宣傳：「明顯增加的關注焦點應該是改變下一代的態度，那些現在就讀小學或更年輕的人。」

舉辦旨在說服夫妻建立小家庭的宣傳計劃和性教育課程，無論社會或文化因素如何：「以下領域似乎在影響生育率下降方面具有

顯著的前景，並在隨後的部分中進行了討論……重點是對新一代兒童的教育和灌輸，即希望縮小家庭規模。」

調查強制性(NSSM-200的語言)人口控制計劃的可取性：「這種觀點的結論是，可能需要強制性計劃，我們現在應該考慮這些可能性。」

考慮以脅迫來達成目標，例如扣留災害和糧食援助，除非那些國家願意實施人口控制計劃：「那麼，這些食物資源應該在什麼基礎上提供？食物會被認為是國家權力的工具嗎？我們是否會被迫選擇我們可以合理地幫助誰，如果是這樣，人口努力是否應該成為這種援助的標準？」

在整個實施過程中，美國必須隱藏其蹤跡，將人口控制計劃偽裝成無私的：「還有一些最不發達國家領導人將發達國家倡議的計劃生育，視為一種經濟或帝國主義的侵略；這很可能引起嚴重的反彈……美國可以通過反複斷言這種支持源於對以下方面的關注，來減少對其活動背後動機的指控：人們越來越意識到世界「人口爆炸」已經結束，或者實際上，它從未真正實現過。當人口恐慌在1960年代後期開始時，世界人口正以每年超過2%的速度增長。」

「基辛格報告」預測世界人口將穩定100到130億左右，一些人口學家預測世界人口將激增至高達220億。現在估計到2100年人口將

穩定在110億左右，儘管許多可靠的估計認爲高峰人口的數量其實少得多。

　　許多發展中國家現在的老齡化速度比發達國家還要快，這預示著它們的經濟將面臨更嚴重問題。發達國家在未老之前就有機會致富；如果一個國家先老，就永遠不會致富。從一開始，「人口爆炸」的概念就是一種出於意識形態動機的虛假警報，專門用來讓富國掠奪窮國的資源。由此推動對發展中國家人口控制，在其數十年的實施中，絕對沒有取得任何積極成果。事實上，人口控制意識形態和計劃，反而使應對災難性的、迫在眉睫的全球「人口老化」嚴重危機變得更加困難。如果我們要避免全球性的人口災難，現在是開始敦促家庭生更多而不是更少的孩子的時候了。如此大規模的政策變化的第一步，當然是改變我們的願景和價值觀。

「人口爆炸」的概念就是一種出於意識形態動機的虛假警報

NSSM-200代表了「先進」國家干涉欠發達國家最內部事務的最糟糕一面，它強烈地強化了「醜陋的美國人」的形象。它主張通過強制性計劃生育計劃侵犯個人最寶貴的自由和自主權。基辛格報告旨在表達對個人和國家權利的關注，但它是從帝國主義角度構想出來的，即美國「有權」不受限制地獲取發展中國家的自然資源。美國和其他發達國家，以及出於意識形態動機的非政府組織，應該支持和引導真正的經濟發展，讓每個國家的人民都能為自己的利益使用本國資源，從而改善全世界的人權，為所有人帶來更健康的經濟。

沒有任何人際關係比家庭中的人際關係更親密。然而，自1990年以來，「發達」世界已花費超過1600億美元，試圖通過在具有欺騙性的總括性術語「計劃生育服務」下廣泛實施墮胎、絕育和節育，來控制發展中國家家庭所生兒童的數量。政府花費數百億的人口控制支出所完成的，只是把億萬大貧困家庭變成了小貧困家庭。不幸的是，如果這些資源被投資於衛生和教育基礎設施，以及致力於尋找和平戰略，將國家從腐敗治理轉變為真正具有代表性和負責任的法院和公共服務部門轉變，我們可以想像世界會有什麼轉變。兒童不是發展的障礙，他們是任何社會未來的希望。

1998年，美國人口與安全研究所所長斯蒂芬·穆福德，在專著《「NSSM-200計劃」的生與死：美國人口政策如何因政治意願的喪失而失敗》一書中稱，「由於梵蒂岡不同意我們的政策，美國政策被迫改變」。根據天主教「教宗不會犯錯誤」的信仰，如果天主教會支持節育，曾反對節育的教宗的威信會遭損。因此，數十年來，全世界

的天主教會都是美國推行「NSSM-200計劃」的主要對手，由於美國境內超過1/4的人口是天主教徒，美國政府對推行節育的聯合國人口基金會的撥款也一度被迫中止。

2010年，肯尼亞教會也指責奧巴馬政府迫使肯尼亞修改憲法，使墮胎合法化，是在推行「NSSM-200計劃」。除了遭到宗教保守派反對之外，備忘錄自解密以來，「NSSM-200計劃」也被美國一些自由派知識分子抨擊為「種族屠殺計劃」。綜上所述，計劃是確實存在的，它是美國社會科學研究直接服務於政府政策的經典案例，它的著眼點的確是美國國家利益的最大化。

從1970年代到現今已有50年光景，但很多非洲、中東，甚至印度等國家依然有「NSSM-200計劃」的陰影。科技的進步沒有令人類活得更偉大，反而卻被私心利用，人類活在更大的恐懼中。

克林頓裹屍袋檔案

1990年代初以來，「克林頓屍體名單」（Clinton Body Count）名單
流傳開來，指責克林頓夫婦與一連串暗殺事件有關。

其實他們兩夫婦——比爾·克林頓和希拉里已經秘密地與數十人發生了衝突，甚至採取暗殺告終，以隱藏他們與深層政府、軍工企業和新世界秩序等犯罪陰謀的各種聯繫。這個陰謀論已是老生常談了，傳聞始於1993年，由蓮達·湯普森(Linda Thompson)編制的一份名單開始，標題為「克林頓的屍體數量：巧合還是死亡之吻？」湯普森承認她沒有任何證據表明克林頓夫婦犯有任何不法行為，但這並沒有阻止共和黨代表威廉·丹尼邁爾製作自己的名單並四處傳播。陰謀論2008年的選舉周期中再次出現。與克林頓有關的冗長死

亡名單的多個版本已經在網上流傳了大約30多年。根據這些名單，即將作證反對克林頓夫婦的近50名同事、顧問和公民在可疑情況下死亡，其餘未說明的暗示克林頓或其追隨者是每一次過早死亡的幕後黑手。

美國前總統比爾·克林頓

1993年，「克林頓屍體名單」真正開始流行，當時克林頓夫婦的朋友文斯·福斯特(Vince Foster)自殺身亡。在他去世時，福斯特擔任白宮副法律顧問，並迅速成為右翼噪音機器最喜歡的目標，尤其是在早期指控克林頓夫婦腐敗的虛假醜聞中，因為他們解僱了白宮旅行團隊的成員，他們認為是無能的。如果你不熟悉此傳聞，可以看以下陳述：「克林頓屍體名單」是克林頓和希拉里的大約50-60名「在神秘情況下」死亡的同伙名單。也就是說，沒有人死於老年，有些人死於暴力或自殺。

名單涉及多宗該家庭的盟友和政府官員的可疑死亡事件。最引人注目的事件之一是前白宮法律顧問、希拉里在一家小石城律師事務所的同事文斯·福斯特(Vince Foster)的去世。福斯特因頭部中彈而死亡，被確定為自殺。相信這份名單上最臭名昭著的名字正是福斯特，他是一個知道太多秘密的人。福斯特是克林頓夫婦的私人律師和白宮副委員會，與克林頓家族的淵源一直延伸到阿肯色州的霍普，在比爾擔任州長期間，他與希拉里在羅斯律師事務所合作。福斯特不僅僅是一個商業夥伴，更是一個親密的朋友。有些人甚至暗示他和希拉里有染，不過福斯特的妻子麗莎堅決否認了這一指控。不管是什麼關係，作為克林頓夫婦的首席顧問，福斯特負責保護第一家庭，並將所有的「骷髏」整齊地堆放在壁櫥裡。這是一項具有挑戰性的任務。克林頓夫婦有很多「骷髏」，最大的事件之一是「白水醜聞」(Whitewater Scandal)。

早在1970年代後期，克林頓(當時的阿肯色州總檢察長)和希拉

里與詹姆斯和蘇珊麥克杜格爾一起組建了白水開發公司。該集團購買了220英畝的河濱土地，打算將地塊出售為度假屋，但合作失敗。此後不久，麥克杜格爾夫婦因參與一項300萬美元的陰謀詐騙兩家聯邦支持的金融機構而被定罪。發放貸款的公司大衛黑爾說，比爾克林頓向他施壓，但此種說法從未得到證實。肯·斯塔爾(Ken Starr)被徵召進行調查，引致大量私人律師湧現以展開個人調查。

接下來發生的事情的正式版本引來許多觀察家爭論。福斯特最後一次露面是在7月19日，當時路易斯·弗里被任命為聯邦調查局的新任負責人。第二天晚上，他的屍首在梅西堡公園被發現，死於明顯的槍傷。官方裁定為自殺，斯塔爾的調查支持這一結論。但是，某些細節並沒有完全考慮。例如，福斯特用來自殺的槍據說還在他手中，但最先發現屍體的人說根本沒有槍。他的傳呼機的記憶也被抹去了。還有一個問題是他的身體是否曾被移動。因此，克林頓夫婦殺死了福斯特的理論由此而來。即使他們沒有，他們至少擔心當局可能會在他的辦公室裡找到什麼。事實上，在福斯特去世後不久，希拉里的幕僚長瑪格麗特·威廉姆斯和其他人在警察出現封鎖公園現場之前，將一箱箱文件從福斯特的辦公室裡搬了出來。很快人們就發現，被認為屬於福斯特的關鍵文件不見了。兩年多來，這些記錄都沒有被檢索到，當一些記錄最終出現在白宮的私人住所時，上面有希拉里的指紋。「在他去世時，福斯特正在接受抑鬱症治療」，《華盛頓郵報》的格倫凱斯勒在寫道。「在他的公文包裡發現了一張撕成27塊的紙條，上面寫著：『我不是為了這份工作或華盛頓公共生活的聚光燈。在這裡毀壞人被認為是運動。』」

這個「人數」名單的多個版本已經在網上流傳了二十年。新的受害者名字經常被添加，舊的名字被刪除，形成了無窮無盡的排列組合。在這一點上，從來沒有一個「官方」名單。

但所有這些瘋狂是從哪裡開始的呢？在1994年致國會領導人的一封信中，前眾議員威廉・丹尼邁耶（William Dannemeyer）列出了24名與克林頓有某種聯繫的人，他們「在非自然情況下」死亡，並呼籲就此事舉行聽證會。

丹尼邁耶的「可疑死亡」名單主要取自印第安納波利斯的一名律師琳達・湯普森（Linda Thompson）編制的一份名單，她於1993年辭去她多年的全科業務，轉而管理她的美國司法聯合會，這是一個促進支持槍支事業和各種活動的營利性組織。通過短波廣播節目、電腦佈告欄以及其他時事通訊和視頻來傳播陰謀論。她的名單，名為「克林頓的屍體計數：巧合還是死亡之吻？」然後包含了她認為可疑死亡並與克林頓家族有聯繫的34人的姓名。湯普森承認她「沒有直接證據」證明克林頓殺死了任何人。事實上，她說這些死亡可能是由「試圖控制總統的人」造成的，但拒絕透露他們是誰。湯普森說，她對謀殺的指控「似乎毫無根據，只是因為主流媒體沒有進行足夠的挖掘。」

另一位克林頓的老朋友和商業夥伴詹姆斯麥克杜格爾（Jim Mc-Dougal）的去世引起了人們的關注。麥克杜格爾擁有的一家銀行Madison Guaranty 是另一個將克林頓醜聞爆發出去的關鍵。有

人指控該銀行的資金在1980年代中期被非法轉移到比爾·克林頓的州長競選活動中，克林頓和希拉里曾與州監管機構進行干預，以保持銀行的償付能力。一旦克林頓夫婦在白宮站穩腳跟，情況就變得更糟了。也就是說，當希拉里要求福斯特解僱為白宮新聞團服務的旅行辦公室的七名員工時，引發了另一個爭議焦點，引起軒然大波，給外界指責任人唯親（克林頓的遠房表親將負責該辦公室）。

福斯特成了醜聞避雷針，對整個情況感到內疚和焦慮。他的許多朋友、家人和同事說，這項工作讓他付出了如此沉重的代價，他正在服用抗抑鬱藥並打算辭職。1996年之後，當他因18項罪名被定罪時，麥克杜格爾是特別檢察官肯尼斯·斯塔爾調查中最重要的合作證人。斯塔爾還調查總統和白宮實習生莫妮卡·萊溫斯基之間的關係。

麥克杜格爾和他當時的妻子蘇珊和克林頓夫婦在1970年代一直是（Whitewater）白水房地產企業的投資者，該企業由麥克杜格爾擁有的阿肯色州金融機構承保。該項目和麥克杜格爾的機構Madison Guarantee Savings and Loan都失敗了。麥克杜格爾是懷特沃特檢察官的主要證人，當時調查的重點是克林頓和麥克杜格爾參與的阿肯色州土地交易，他患有心臟病，並於1998年3月8日在被單獨監禁時心臟病發作，死於沃思堡的聯邦醫療中心監獄。生病的麥克杜格爾因未能提供尿液樣本進行藥物測試而被單獨監禁。1997年6月，當他進入聯邦監獄醫療中心時，他開始服刑3年。他患有阻塞的頸動脈，在去世的前一天，他還在常規牢房（在那裡他可以獲得心臟藥物）

時，已抱怨說頭暈，在接受隔離的過程中他曾經嘔吐。然而一旦被隔離，他並沒有向警衛索要藥物，直到去世，他都「保持警覺、有良好的方向感並且沒有任何明顯的痛苦跡象。」雖然麥克杜格爾的死因出現在眾多疑問，依然被法醫斷定死於心臟病。

塞思・里奇（Seth Rich）- 離奇街頭命案

塞思・康拉德・里奇（Seth Conrad Rich，1989年1月3日-2016年7月10日）是美國民主黨全國委員會的競選工作人員，他在2016年未解決的謀殺案掀起各種相當「豐富多彩」的陰謀論。最常見的說法是，在希拉里相關電子郵件的大量洩密事件中，里奇是維基解密的消息來源之一，因此，他在克林頓家族的命令下被謀殺。

里奇是民主黨的競選工作人員，他在一次搶劫案中不幸遇害，於2016年7月10日星期日凌晨4點20分在華盛頓特區的Bloomingdale社區被謀殺，里奇在背部中彈兩次後約一個半小時死亡。他因不明原因被身份不明的肇事者謀殺，但警方懷疑他是搶劫未遂的受害者。或者這正是他們想讓你這麼想的?在他被謀殺後，陰謀論者和右翼專家開始宣傳里奇負責與維基解密分享民主黨內部文件的毫無根據的說法。支持這一說法的證據為零，他們顯然開始「提問」只是為了製造一個假設的動機，讓克林頓夫婦趕走里奇。

美國《華盛頓郵報》報道說，里奇的重要身份是美國民主黨全國委員會（DNC）選票擴源項目的數據主管，在被殺前還在呼籲停止槍支暴力。7月10日他被槍殺後，民主黨全國委員會主席黛比・舒爾

茨爲其守夜，民主黨總統參選人希拉裡還以里奇之死爲例，呼籲控槍。不過，一些人在互聯網社區表示，里奇的死可能因爲他是DNC工作人員，甚至暗示他是民主黨近日發生的郵件醜聞的泄密者。因爲他死後兩周，「郵件門」旋卽曝光。2萬封郵件揭露希拉裡陣營利用DNC這一黨內「公器」，打壓競爭對手桑德斯，干涉、審查媒體稿件，甚至還可能有洗黑錢等問題。這讓DNC十分尷尬，並最終導致舒爾茨辭職。

阿桑奇暗示，死於不明槍擊的民主黨選票擴源項目的數據主管里奇是維基解密的爆料人。阿桑奇稱，維基解密正在調查這件案子，他們的線人正面臨嚴重人身危險。里奇遇害事件曾在網路上掀起軒然大波，有陰謀論者懷疑，他的死與希拉蕊郵件門有關。

13天後，民主黨郵件門事件曝光。

以下爲採訪內容：

阿桑奇：爲了給我們提供材料，爆料人經常要付出巨大努力，還要冒很大的風險。比如一位27歲的在民主黨全國委員會（DNC）工作的年輕人，幾周前就在華盛頓的大街上被槍殺了，死因不明。

主持人：那不是搶劫案嗎？

阿桑奇：不，目前沒有定論⋯⋯

（主持人：那你在暗示什麼？）我是說，我們的爆料人經常要冒險，類似事件讓他們非常擔心。

主持人：那他是不是你們的爆料人？

阿桑奇：我們並未就誰是爆料人發表評論。

主持人：爲什麼要推測這樣一個案子？

阿桑奇：我們必須理解在美國的風險有多大，我們的爆料人面臨嚴重危險。這也是他們爲什麼會找到我們，我們可以保護他們的匿名權。

主持人：但是你正在就一椿謀殺案發表推測，這太不尋常了。

阿桑奇：我們在調查塞斯‧里奇的案子。我們認爲這是個相關情況。目前還沒有定論，我們不打算陳述一個結論，但是我們對此表示擔心。更重要的是，當類似事件發生，許多維基解密的爆料人都在擔心自身的安危。

這段訪問來自荷蘭電視台節目《Nieuwsuur》。

肖恩‧漢尼提（Sean Hannity）在朱利安‧阿桑奇（Julian Assange）發言後，也開始談論這個陰謀來。甚至俄羅斯駐倫敦大使館也參與了行動，在推特上發佈了一張里奇和希拉里的背景照片，並附有文字：「誰殺了塞思‧里奇？」主流傳媒將他的貴重物品仍留在現場這個疑團刻意合理化，解釋說盜賊在射擊某人後會因害怕被抓而逃離現場，這並不罕見；而且當救護人員找到他時，里奇仍然有意識和呼吸，這使到暗殺襲擊的理論看似不太可能。

克里斯托弗·西格(Christopher Sign)-
爆料主播人被自殺事件

2021年6月12日，阿拉巴馬州警方發現伯明翰電視新聞主播克里斯托弗·西格(Christopher Sign)在家中死於明顯的自殺，享年45歲。西格在2020年2月接受福克斯新聞採訪時透露，在他爆料比爾·克林頓和當時的司法部長洛麗泰·林奇(Loretta Lynch)2016年在停機坪秘密會面的消息後，他和家人收到了死亡威脅。西格是第一個報導克林頓總統於2016年在鳳凰城機場的私人飛機上與林奇會面的人，當時正在調查希拉里在國務卿期間使用私人電子郵件服務器是否非法。會議後幾天，聯邦調查局選擇不對希拉里提起刑事指控。 西格接受福克斯新聞採訪時透露，他和家人除了收到死亡威脅，他的信用卡在事後還遭到黑客攻擊。

「我的家人在揭露這個故事後不久就收到了重大的死亡威脅」，西格在採訪中說，以宣傳他的書《停機坪上的秘密》。西格說他和妻子羅拉已經爲三個孩子做好了準備，以防萬一，他們給了孩子「秘密密碼」，並補充說「他們知道該怎麼做」。

「這就是我回到伯明翰的原因，因爲當我忍受死亡威脅時，我的前阿拉巴馬州足球隊家庭，我的隊友、我的教練，都圍繞著我。」導致死亡威脅的原因是他聲稱克林頓和林奇在私人飛機上會面，談論在2016年競選期間對希拉里的電郵門事件調查。克林頓和林奇後來聲稱這是一次即興的友好交談。「我們知道發生了一些有點不尋常的事情。這是一次有計劃的會議。這不是巧合。」西格在接受採

訪時談到了這次會議。

特朗普在西格的爆料後發了推文:「有人真的相信比爾克林頓和
USAG 只談論『孫子』和在停機坪上打了37分鐘的高爾夫嗎?」會議消
息傳出後,西格被要求和當時的司法部檢查員邁克爾霍洛維茨和國
會山官員作閉門會議講述事情經過。最後警方調查這三個孩子的父
親是死於自殺,但未公佈任何調查的信息。

西格死亡的陰謀論在他家人中引起極大痛苦,他的父母寫道:「
隨著每一次陰謀的爆發,我們都被迫重溫西格的自殺案件,我們對
西格的記憶越來越模糊,因為西格的更多記憶從我們身上奪走了。
」在正常情況下西格的死仍是當地的悲劇,但在保守派媒體人士和
一名國會議員看到有機會利用西格的死因暗示他是在克林頓家族命
令下被謀殺後,這個謠言便開始在網絡中傳播。西格的陰謀論在的
論壇和假新聞網站上流傳了幾個月,然後才登上主流右翼媒體,但
西格的死立即被主要的保守派人物抓住,包括一名國會女議員和全
國脫口秀電台主持人。

眾議員 Lauren Boebert(R-CO)在競選期間讚揚了 QAnon
的陰謀論,是最早暗示西格被克林頓夫婦謀殺的共和黨主要人物之
一。作為亞利桑那州當地電視新聞記者,西格在2016年爆料稱,比
爾·克林頓在鳳凰城機場的停機坪上與當時的司法部長洛雷塔·林
奇秘密會面。雖然林奇聲稱她大部分時間只是與克林頓談論旅行和
他的孫子,但這次會議引起了人們的注意,因為它是在司法部對希

拉里的「電郵門事件」的調查期間進行的。發現西格屍體的阿拉巴馬州胡佛警方沒有回應外界要求評論的請求。

陰謀論博客 Dan Bongino 暗示克林頓夫婦可能以某種方式參與了西格的死亡。「這個故事能有一個完全正常的——儘管是悲劇的——解釋嗎?」Bongino 在6月14日的節目廣播中問道。「它可能。任何聲稱不可能這樣做的人都應提供證據。但我建議它變得很奇怪,不是嗎?這件死亡事件又是克林頓夫婦圈子裡的人,這很奇怪。」

在有西格死亡的片段中,脫口秀主持人查理柯克(Charlie Kirk)宣讀了一份「克林頓屍體統計」受害者名單,並建議「如果你有任何關於克林頓夫婦的信息,我建議你找個保鏢」。

支持特朗普的有線電視新聞頻道 One America News(OAN)可能是在西格去世後走得最遠的,表明西格的死在某種程度上與富有的性犯罪者 Jeffrey Epstein 2019 年在監獄中死亡有關。當 OAN 的解說員在畫外音中討論西格的死訊時,畫面播放了克林頓與愛潑斯坦的合影,聲稱里奇是最新一個與克林頓夫婦有聯繫的人「在神秘的情況下」死去。

謝菲・愛潑斯坦 (Jeffrey Epstein) - 渣男絕路

自1990年代以來,比爾和希拉里是暗殺元兇的傳聞一直存在。在與連鎖電子郵件和惡作劇網站的故事中,任何擁有有關克林

頓夫婦的破壞性信息的人都有可能被「絕殺」——依照克林頓夫婦的命令執行。當億萬富翁渣男謝菲·愛潑斯坦於2019年7月因在他的私人島嶼上強姦未成年女孩，並可能將她們賣給他富有的混蛋朋友而被起訴時，媒體和公眾立卽關注愛潑斯坦與克林頓是朋友這一事實。

當然這對美國的政治緊張局勢沒有負面影響，所以從來不是主流新聞。愛潑斯坦此前還收到了前特朗普勞工部長亞歷克斯阿科斯塔（當時是佛羅里達州的聯邦檢察官）的認罪協議，醜聞後來導致阿科斯塔辭職。與此同時，克林頓的飛行日誌顯示曾乘坐愛潑斯坦的私人飛機，據稱該飛機稱爲「洛麗塔快車」。當愛潑斯坦被發現死於牢房中，顯然是自殺時，許多專家和政客指出，一個人本可以在戀童癖集團中作證指控其他富有的混蛋，他的死亡令到其他知道內情的人突然沉默，自殺是可疑的。

在網上，「愛潑斯坦沒有自殺」這句話成爲了一個熱門的題目。自然地，一個死因不明的人，身邊有衆多淫穢的故事，是互聯網謠言的完美助燃劑，他們甚至開始在網上說在愛潑斯坦的屍體被發現時，喉嚨上留下了克林頓的指紋，雖然這只是空談，並沒有任何證據。實際上，他的自殺（似乎）是監獄疏忽的結果。此前曾試圖上吊自殺的愛潑斯坦被提前解除了自殺監視，被單獨留在牢房裡，沒有獄友，也沒有監督。由於人員短缺，兩名看守愛潑斯坦的警官都在加班。其中一名主要不是作爲懲教人員工作的警衛連續第五天加班。另一名警衛強制加班，意味著一天中的第二個八小時輪班。結

果就是所謂的疏忽事件，而造成愛潑斯坦(被?)上吊自殺。

自1990年代以來，比爾和希拉里‧克林頓是暗殺元兇的傳聞一直存在。

現在這份名單的人名依然增加中。我從名單中選了一些重要的名字，簡單看看這些案件。在1990年代開始，名單最早出現的名字就是Mary Mohane，前白宮實習生在一家咖啡店被槍殺。什麼都沒拿。有人懷疑她卽將在白宮就性騷擾事件作證而被殺。

1997年7月6日，25歲的前白宮實習生 Mary Caitrin Mahoney是喬治城星巴克的經理，他與兩名同事 Emory Allen Evans 和 Aaron David Goodrich 一起被殺。1999年3月，華盛頓的 Carl Derek Havord Cooper 被捕並被指控犯有這些謀殺罪。三名員工在搶劫過程中被殺是不尋常的，在此期間沒有任何東西被拿走。根據庫珀在2000年4月26日的認罪證供，他去星巴克搶劫，以為7月4日週末的收款是一筆巨款。他在星巴克關門前闖進去，揮了揮0.38美元廣告

牌後，命令星巴克的三名員工都到後面的房間。一到那裡，庫珀向天花板開了一槍警告後，馬奧尼就跑了。她被命令回到房間，但隨後庫珀又去拿槍，向她開槍，隨後再向另外兩名員工開槍。他兩手空空地離開，因擔心槍聲引起了警方的注意。這三人的死亡令人遺憾，不過警方沒有繼續調查，而判定是搶劫案。

瑪麗‧馬奧尼曾經在白宮做過實習生，但還有數百名白宮實習生仍然健在。沒有可靠的理由說明，在白宮的所有實習生中，只有馬奧尼會成爲克林頓指揮的謀殺目標。（很少有實習生在白宮西翼工作或與總統有任何接觸。最接近首席執行官的實習生是一次簡短的握手或合影。）馬奧尼被殺的推定理由是她即將在白宮就性騷擾作證，這是一個謊言。這種荒謬的理由顯然源於新聞周刊的邁克‧伊西科夫在莫妮卡‧萊溫斯基醜聞爆發之前的暗示，即一位「前白宮工作人員」與最初的「M」即將談論她與克林頓的婚外情。當然，我們現在都知道，這裡提到的「員工」是莫妮卡‧萊溫斯基，而不是馬奧尼。陰謀論迷堅持認爲，白宮的襲擊者不顧一切地衝了出來，槍殺了他們能找到的第一個名字以「M」開頭的女性前實習生。

C. Victor Raiser, II - 克林頓總統的前國家財政聯合主席，以及他的兒子蒙哥馬利‧賴澤（Montgomery Raiser），兩人都在阿拉斯加的一次可疑私人飛機失事中喪生。意外原因不明。賴澤是克林頓團隊的主要成員。1992年7月30日，賴澤、他的兒子和其他三人在一次釣魚之旅中於阿拉斯加的一次飛機失事中喪生。飛行員和另一名乘客倖免於難，並因嚴重燒傷住院。雖然「死亡人數」清單聲稱

「沒有確定原因」，但外國傳媒另有報導：一架小型飛機在低能見度條件下在山區飛行時因飛行員失誤導致墜機。所有的飛機失事都是「可疑的」，因為飛機本應停留在空中，而當它們不停留時，那是因為出現了嚴重錯誤。到目前為止，飛行員錯誤和機械故障是導致任何墜機的最常見原因。美國國家運輸安全委員會(NTSB)對美國每一架墜毀的飛機進行調查，儘管他們並不確定墜機的確切原因，但通常很好地排除了使用爆炸物或機械篡改的可能性。如果 NTSB 沒有發現篡改或爆炸物的證據，那麼這不是飛機墜毀的原因，我們只能選擇飛行員失誤和機械故障。

一些名單上的人物

保羅·塔利(Paul Tully) - DNC 政治主任被發現死在小石城酒店的房間裡。沒有確定原因，也不允許進行屍檢。塔利是損害控制小組(Damage Control Squad)的關鍵成員，並提出了一些克林頓的策略。

保羅·塔利於1992年9月24日去世。很多陰謀論博客編造這份名單，聲稱「沒有確定原因」和「不允許進行屍檢」。然而，進行了屍檢，確定了塔利的死因：一次嚴重的心臟病發作。根據普拉斯基縣驗屍官史蒂夫·納沃伊奇克(Steve Nawojczyk)的說法，「阿肯色州法醫辦公室的屍檢發現了晚期冠狀動脈疾病。」 他補充說調查人員沒有發現身體受到外部創傷的證據。再次陰謀愛好者為塔利的「暗殺」提供推定的理由，因為在克林頓選舉前，清除懷疑爆料的人，所以並且克林頓下令淘汰他的首席戰略家，而他職業生涯中最重要

的選舉還有一個多月的時間。

Ed Willey - 克林頓籌款人，在弗吉尼亞州的樹林中發現，頭部有槍傷。裁定自殺。

Ed Willey 是前弗吉尼亞州參議員和律師。他的妻子凱瑟琳積極參與民主黨國家政治，1992年在弗吉尼亞州代表克林頓競選團隊擔任志願者(包括一些籌款活動)，後來在白宮社會辦公室擔任志願者。埃德·威利的死與人們可能發現的一樣明顯是自殺案：他(和他的妻子)大手大腳地花錢，偷走了客戶的275,000美元，大約有100萬美元欠國稅局的債。他於1993年11月29日結束了自己的生命，留下了他妻子發現的遺書，上面寫著：「說對不起並不能開始解釋。我希望有一天你能原諒我。」在威利自殺的同時，據稱他的妻子被比爾克林頓摸索了。她說她去找行政長官尋找一份工作來幫助她的家人擺脫金融危機，但發現自己在抵擋他的進步。克林頓承認參加了會議，但否認了她對所發生事情的看法。凱瑟琳威利在保拉瓊斯針對克林頓的性騷擾訴訟中作證，但她從未聲稱克林頓殺害了她的丈夫。

輕率行為秘密檔案

Herschel Friday - 阿肯色州的一名律師，曾在克林頓總統競選財務委員會任職，負責籌款活動。他於1994年3月1日在一次飛機事故中喪生。他的飛機沒有「爆炸」；這起事故是另一宗飛行員失誤的案例，當時73歲的Herschel在一個漆黑的濛濛細雨天黃昏時分試圖降落在一個光線不足的私人機場時，飛機失去控制墜毀。

傑里・帕克斯(Jerry Parks) - 克林頓州長的前安全團隊成員。在他去世之前，他編制了一份關於克林頓活動的文件。據報導，他的家人被跟蹤，他的家也曾被人闖入。1993年9月26日，帕克斯在離開小石城邊緣的一家墨西哥餐館時，被一把9毫米半自動手槍中的十發子彈擊中。他的謀殺案仍未解決。1992年，帕克斯的保安公司守衛克林頓的競選總部。帕克斯的兒子加里在《權力圈》和《克林頓編年史》(都是琳達・湯普森的美國正義聯盟的視頻產品)中斷言，他的父親收集了一份克林頓輕率行為的秘密檔案，並且他的父親正在使用該文件試圖勒索克林頓的競選活動。(他還聲稱文斯・福斯特知道檔案的存在。)儘管有這些指控，但年輕的帕克斯從未出示過神秘檔案，小石城警察局的警官克萊德・斯蒂爾曼駁斥了加里・關於他父親死亡的理論為「未經證實的，沒有什麼可掌握的」。謀殺案中一個更有可能的嫌疑人是帕克斯的前合夥人，帕克斯曾與他發生過激烈的爭吵。

約翰・威爾遜(John Wilson) - 前華盛頓特區議會成員，與白水案有聯繫。陰謀論說他死於非常可疑的上吊自殺。約翰威爾遜是哥倫比亞特區委員會主席，他的自殺遠非「非常可疑」：威爾遜有長期的抑鬱症病史，正在與婚姻問題作鬥爭，並且至少在其他四次試圖自殺。他終於在1993年5月19日成功了。在他去世後，威爾遜的妻子說：「他的抑鬱症是一個遺傳問題；多年來，面對殘疾，他能夠做出如此多的貢獻，這是一個奇蹟。」 警方表示，他沒有留下紙條，也沒有犯案的跡象。

蘇珊・科爾曼(Suzane Coleman) - 據報導與克林頓有染。懷孕七個月的她被發現死於頭部後部的槍傷,被裁定爲自殺。在蘇珊自殺時,克林頓是她的法學教授。1992年,喬治・布殊的一位過分熱心的支持者聘請調查人員去調查這個女孩1977年的自殺事件,但他們沒有發現任何證據表明她和克林頓有染。這是一個古老的謠言,毫無根據的謠言,即使是一次堅決的揭發企圖也沒有得到證實。

Paula Grober - 克林頓的聾啞人翻譯。1978年與克林頓一起旅行,直到1992年因一場車禍去世。沒有證人。導致 Paula Gober死亡的事故發生在1992年12月7日下午,她的汽車在高速公路上的一個彎道處傾覆,將她從車上甩出33英尺。沒有人目睹這起事故。

Ron Brown - 前 DNS 主席、商務部長。據報導他死於飛機失事,但新的證據顯示他可能是頭部中彈。他正在接受一名特別調查員的調查,並即將與其他54人一起被起訴。他公開表示願意在致命旅行前幾天與檢察官「達成協議」以挽救自己。他不應該在飛機上,但被要求在最後一刻離開。

查爾斯・邁斯納(Charles Meissner) - 商務部助理部長。邁斯納授予約翰黃特別安全許可。不久之後,他死於一架小型飛機的失事。邁斯納死於1996年4月3日,在克羅地亞奪去羅恩・布朗(Ron Brown)的同一架飛機失事。14名商務部工作人員在那次墜機事故中喪生,其中包括邁斯納和布朗。

史丹尼‧赫德(Stanley Heard)博士 - 國家脊椎治療保健諮詢委員會主席。他親自對待克林頓的母親、繼父和兄弟。他的私人小飛機出現問題，所以他租了另一架。飛行中發生火災，他墜毀。

赫德和迪克森(Stephen Dickson)於1993年9月10日死亡，當時他們的 Piper Turbo Lance II 在從杜勒斯機場起飛後不久起火併墜毀。那天早上，他們參加了關於克林頓政府醫療保健計劃的簡報會。迪克森的飛機在前一周飛往華盛頓的途中出現了機械故障，因此迪克森和赫德在聖路易斯租用了切諾基飛機進行了這次旅行。他們租了一架維護不善的飛機，這讓他們付出了生命的代價。

所有前克林頓保鏢都死了。

威廉‧羅伯遜少將(Maj. Gen. William Robertson)
威廉‧登斯伯格上校(Col. William Densberger)
羅伯特‧凱利上校(Col. Robert Kelly)
加里‧羅德斯(Spec. Gary Rhodes)
史蒂夫‧威利斯(Steve Willis)
羅伯特‧威廉斯(Robert Williams)
康威‧勒布魯(Conway LeBleu)
托德‧麥基漢(Todd McKeehan)
布賴恩‧哈尼中(士 Sgt. Brian Haney)
蒂姆‧薩貝爾中士(Sgt. Tim Sabel)
威廉‧巴克利少校(Maj.William Barkley)

斯科特·雷諾茲上尉（Capt. Scott Reynolds）

Steve Willis、Robert Williams、Todd McKeehan 和 Con-way LeBleu 是美國菸酒槍炮及爆裂物管理局特工，於1993年2月28日在韋科（Waco Siege）大衛教慘案行動中喪生。

布萊恩·哈尼、蒂莫西·薩貝爾、威廉·巴克利和斯科特·雷諾茲（Brian Haney, Timothy Sabel, William Barkley, and Scott Reynolds）於1993年5月19日在一次直升機墜毀事故中喪生。這四人是負責運送總統的海軍直升機中隊一號的成員。當時他們進行維護評估飛行，其黑鷹直升機墜毀，他們死亡。沒有破壞的證據。克林頓僅在兩個月前從白宮前往西奧多·羅斯福號航空母艦時踏上過這部直升機。

1993年2月23日，Jarrett Robertson、William Densberger、Robert Kelly 和 Gary Rhodes 的陸軍 UH-60 黑鷹直升機在德國魏斯巴登降落時墜毀，全部遇難。陪審團後來發現，飛行員沒有過錯，但直升機「因設計缺陷而進入了無法控制的右轉」。

然而這份死亡名單仍然更新中，年復一年。新的克林頓屍體數目名單於2019年6月初突然更新，兩名前州代表被謀殺，即6月4日阿肯色州的琳達·柯林斯-史密斯（Linda Collins-Smith）和次日俄克拉荷馬州的喬納森·尼科爾斯（Jonathan Nichols）。兩人被發現在家中死於一處槍傷，截至目前，這兩件謀殺案尚未破案。

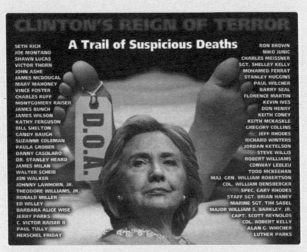

神秘的死亡名單

　　還記得《洛麗塔快車》(Lolita Express)嗎？2019年8月，被定罪的性犯罪者杰弗里·愛潑斯坦在羈押期間自殺身亡，引發了新一輪將克林頓夫婦與謀殺陰謀聯繫起來的討論。這發生在將涉及愛潑斯坦兒童性虐待案件的兩千份先前密封的法庭文件向公眾發佈的第二天。這些文件有部分涉及克林頓，描述了他如何在愛潑斯坦的戀童癖島上參加私人派對。

　　克林頓說，他從未登上愛潑斯坦將年輕女孩帶到的島上，但文件中受害者的證詞表明這是錯誤的。愛潑斯坦在牢房裡自殺了，他可能揭露這種虐待年輕女孩的病態真相的嚴重信息。自12年前愛潑斯坦案結束以來，《邁阿密先驅報》(Miami Herald)對愛潑斯坦未成年性虐待醜聞進行了非常深入的調查。《先驅報》發現數百名未成年

女孩是如何被販賣和性虐待的。愛潑斯坦利用與克林頓家族關係密切的所謂夫人吉斯萊恩‧麥克斯韋（Ghislaine Maxwell）來招攬這些女孩。

究竟誰人在愛潑斯坦的飛機上？

（Donald J. Trump）唐納德‧J‧特朗普

（Bill Clinton）比爾‧克林頓

（Kevin Spacey）凱文 史派西

（Chris Tucker）克里斯 塔克

（Bill Gates）比爾蓋茨

（Prince Andrew）安德魯王子

（Robert F. Kennedy Jr.）小羅伯特‧甘迺迪

（Itzhak Perlman）小提琴家伊扎克‧帕爾曼

（John Glenn）美國參議員 約翰‧格倫

（George Mitchell）前參議院多數黨領袖 喬治‧米切爾

美聯社和美國有線電視新聞網都報導以上所有名字。

2015年聯邦誹謗案中數千頁的一部分，提供了關於愛潑斯坦從美國、俄羅斯和瑞典販賣少女的殘酷細節……以及麥克斯韋強迫性為他提供新女孩的殘酷細節，跨度由2000年代初期到中期。文件的發佈對克林頓來說是個大問題，這與愛潑斯坦在聖托馬斯小聖詹姆斯島上的房子有關。

《邁阿密先驅報》報導稱，受害者弗吉尼亞·羅伯茨·朱弗爾(Virginia Roberts Giuffre)在2016年的宣誓證詞中提到，她被指示與一些有權勢的男人發生性關係，其中包括已故科學家馬文·明斯基、模特童子軍讓·盧克·布魯內爾(Jean-Luc Brunel)，新墨西哥州州長比爾理查森、前參議員喬治米切爾和著名對沖基金經理格倫杜賓。所有被告都發表聲明否認有任何參與。關於愛潑斯坦和比爾克林頓的報告：調查記者康奇塔·薩諾夫(Conchita Sarnoff)揭穿了克林頓的聲明，後者聲稱只乘坐過幾次愛潑斯坦的飛機。薩爾諾夫說，愛潑斯坦的飛行員日誌顯示，幾乎每次克林頓乘坐愛潑斯坦的飛機時都有未成年女孩。

　　克林頓發表了一份聲明，該聲明立即在社交媒體上被駁斥，飛行日誌顯示他飛行的次數比他在愛潑斯坦的「洛麗塔快車」上所說的要多。克林頓否認與愛潑斯坦的未成年人性交易有任何關係，但福克斯新聞報導：「飛行日誌顯示，比爾·克林頓乘坐性犯罪者的飛機比以前知道的要多得多。」提交給聯邦航空管理局的官方飛行日誌顯示，克林頓與多達10名美國特勤局特工旅行。然而，在2002年5月22日至5月25日的五站亞洲之行中，沒有一個特勤局特工被列入名單。FoxNews.com提出多項信息自由法請求，尋求這些旅行信息，但美國特勤局拒絕回答。克林頓被要求提交一份表格以駁回代理人的詳細信息。

比爾·克林頓的聲明

　　據報導，官方飛行日誌顯示，克林頓只是對所報導的內容發表

了相互矛盾的聲明。根據飛行日誌，克林頓和其他知名人士乘坐愛潑斯坦的飛機。克林頓參與了嗎？愛潑斯坦會僱用未成年女孩給他「按摩」，然後剝削她們。據稱，他從2002年到2005年在佛羅里達州和紐約州販賣未成年女孩。美國司法部反對公佈有關此案的2,000頁法庭文件，部分原因是這可能會損害「第三方」……關於愛潑斯坦和克林頓的報告：克林頓在華爾街大亨愛潑斯坦的「洛麗塔快車」飛機上度過了足夠的時間，他應該有資格獲得飛行常客里程，該報告揭示了這位美國前總統與被定罪的性犯罪者一起旅行的頻率。

福克斯新聞審查的飛行日誌顯示，克林頓乘坐愛潑斯坦的波音727噴氣式飛機進行了26次旅行，是此前已知的11次飛行的兩倍多。據報導，愛潑斯坦的噴氣式飛機配備了一張床，客人可以在那裡與年輕女孩進行集體性行為。其中一名女孩弗吉尼亞·朱弗爾（Virginia Roberts）聲稱，她在15歲時被引誘加入愛潑斯坦的后宮，當時她被稱為弗吉尼亞·羅伯茨。這位前少女妓女說她被用作「性奴隸」。

32歲的羅伯茨（Virginia Roberts）聲稱，她在2002年在美屬維爾京群島的聖托馬斯的愛潑斯坦旅行團上看到了克林頓。但根據福克斯的說法，飛行日誌並沒有顯示這位前總統乘坐飛往那裡的航班。聖托馬斯有一個足夠長的著陸帶以容納噴氣式飛機。日誌確實顯示這位前總統乘坐愛潑斯坦的飛機飛往文萊、挪威、俄羅斯、新加坡、日本、亞速爾群島、非洲、比利時、中國、紐約和比利時等異國情調的地方。

與愛潑斯坦一起旅行的是紐約社交名媛吉斯萊恩‧麥克斯韋（Ghislaine Maxwell），羅伯茨指責她拉皮條。2020年7月2日，麥克斯韋被美國聯邦政府逮捕並指控犯有引誘未成年人和未成年女孩性交易罪，與她和愛潑斯坦的關係有關。她被拒絕保釋，因為她有逃跑的風險，法官對她「完全不透明」的財務狀況、她躲藏起來的技巧以及法國不引渡其公民的事實表示擔憂。2021年12月29日，她因六項罪名中的五項被定罪，其中一項涉及未成年人性交易。她因兩項關於愛潑斯坦虐待未成年女孩的宣誓指控，面臨第二次刑事審判。

　　提交給聯邦航空管理局的飛行日誌顯示，克林頓在一些旅行中帶同多達10名美國特勤局特工。但2002年的亞洲之旅並沒有列出任何特勤局的保護措施。作為前總統，克林頓仍然獲得納稅人資助的終身安全保護。

　　忠誠的克林頓主義者和受人尊敬的共和黨人像瘟疫一樣避免使用「克林頓屍體名單」。克林頓主義者討厭這個詞，因為它詆毀了他們的英雄克林頓和希拉里。共和黨人避免提及一個簡單的事實，即與克林頓家族有關的每個死者都有合理的懷疑。死者死於明顯的謀殺、自殺或神秘事故。從克林頓醜聞（其中大部分與犯罪有關）中，並檢查可能已經知道克林頓夫婦犯罪污點的死者，大家就會明白這份名單為何有這麼多人相信！

谷歌被指控在互聯網搜索中隱藏著這一份臭名昭著的神秘死亡和謀殺名單。據美國傳媒報導，搜索引擎改變了一種算法，以防止搜索「Clinton Body Count」自動完成。然而，當互聯網用戶開始在 Bing 或其他搜索引擎上輸入該短語時，該短語會自動完成並成爲最顯眼的結果。

雖然這份死亡名單有不少錯漏百出、穿鑿附會的傳聞，但爲何這個傳聞從1990年代開始，直到現在已有三十年歷史，克林頓夫婦的貪污斂財的罪行越揭越多，越來越多合理原因懷疑他們是否眞有參與謀殺事件。這對深層政府的代理人，未來可有制裁他們的一天？

波希米亞俱樂部的異教崇拜

自1923年以來，每一位美國共和黨總統都是這個俱樂部的成員，包括尼克遜、艾森豪威爾、羅斯福、布殊、胡佛、福特和列根。然後是科林・鮑威爾、迪克・切尼、亨利・基辛格，以及眾多白宮幕僚長、參議員、國務卿、國防部長、陸軍將軍等等。

在上一本《深層政府》推出時，有讀者問我「是否忘記了波希米亞俱樂部」(The Bohemian Grove)？其實我沒有忘記這個組織，只不過因為稿件太多，所以留待第三本深層政府先詳盡告訴大家。

每年夏天的兩個星期，位於北加利福尼亞州古老紅木森林蒙特里奧的波希米亞大道20601號2,700英畝的安全私人營地，會接待一群有選擇地邀請的世界上最有權勢的人。

1872年，一群舊金山藝術家、律師和記者開始聚集在加州紅杉森林，沉迷於他們對藝術的共同熱愛。這些藝術愛好者很快決定擴大他們的成員範圍，以包括「金錢和大腦」。但不久之後波西米亞俱樂部成為了一個特權精英組織，許多原「波西米亞人」被排擠出局。

自1923年以來，每一位美國共和黨總統都是這個俱樂部的成

員，總統包括尼克遜、艾森豪威爾、羅斯福、布殊、胡佛、福特和列根。然後是科林‧鮑威爾、迪克‧切尼、亨利‧基辛格，以及眾多白宮幕僚長、參議員、國務卿、國防部長、陸軍將軍等等。此外包括主要金融機構在內的大公司的董事和首席執行官、軍事承包商、石油公司、美聯儲在內的銀行、公用事業（包括核電）和國家媒體（廣播和印刷）都有高級成員作為俱樂部成員或嘉賓。許多成員現在或曾經是其中幾家公司的董事會成員。大家應該注意到，上述大多數行業的盈利能力都嚴重依賴與政府的關係，依靠互相勾結和壟斷。

傳聞為「波希米亞叢林」的秘密荒野隱居地，圖中反映一場異教儀式，其中包括祭祀古代亞捫神摩洛（Moloch），以及創造新世界秩序的複雜陰謀。

著名的陰謀論作家泰克斯‧馬斯（Texe Marrs）對波希米亞俱樂部的演繹：「如果你想像一下，數百位名人中有美國總統，幾位來自外國公司的董事、總裁，各種各樣的企業公司巨頭，荷李活演員，IBM、Bechtel等企業巨頭的負責人、哈里伯頓（Halliburton Company）、美國銀行（Bank of America）等；國務卿和國防部長、美聯儲主席等等，到處亂跑，衣著隨意，甚至可以用衣衫襤褸來形容他們，在樹上小便，沿著步行和遠足小徑，行為舉止不紳士、骯髒，這令人難以置信。」

舊金山波希米亞叢林的貴賓們用他們最喜歡的酒精進行社交。這些人喝了大量的酒，閒逛，參加特別演講，互相閒聊大約兩週。有些會員談到波希米亞俱樂部時說：「小樹林裡有幾十個『營地』，每個都有20到50人。每個營地都是獨一無二的，有不同的小屋或俱樂部會所。他們都在一條主要的小路上。」 這位客人補充說：「他們燒柴取暖，通常只是招待其他營地的人，或者去其他營地拜訪並提供娛樂。一部分會員是真正的專業音樂家、演員、藝術家等，所以有很棒的娛樂活動。」

活人祭獻儀式

1967年，俱樂部成員理查德‧尼克遜發表了關於美國外交政策的演講，他稱之為「我擔任總統之路上的第一個里程碑」。他還與其他成員朗奴‧列根達成協議，列根承諾在即將到來的初選中不會挑戰尼克遜。傳媒說這是由超級權勢的人組成的秘密陰謀集團在加利福尼亞森林深處的專屬營地，目的是舉行只有少數人知道的活人祭

獻儀式。或許說祭獻儀式有些牽強，但是傳聞卻可能這是眞的。這個秘密集團被稱爲波希米亞俱樂部，於1872年在舊金山首次聚會。據資料稱，他們於1899年購買現在俱樂部所在的土地，並且每年商界和政界最有權勢的人都會前往那裡參加一年一度的靜修會。

活人祭被曝光後前往波西米亞樹林里抗議的群衆

事實上將有權勢的人聚集在一起，大家有很多非業務的互動，還有一個促進放鬆和合作的環境，最終這鼓勵了這些有權勢的人相互了解並一起工作。當成員回到現實世界時，在波希米亞俱樂部已形成了一種不僅僅是點頭和眨眼的關係，這也是俱樂部禁止商業活動的另一個原因。他們正在爲營地之外的成功交易奠定基礎，雖然這意味著沒有所謂傳聞中的「人類犧牲」或「魔鬼交易」，但它確實導致了彼此交易。是好是壞？很難說！

今天俱樂部的成員都是富有和有影響力的人，而且只有男性才能加入。女性的話，眾所周知只有妓女才可以進入這神秘的俱樂部。這個私人俱樂部仍然每年在舊金山北部聚會，並使用象徵性的儀式來開始其夏季度假。今天的儀式涉及在該組織的吉祥物腳下焚燒一個名為「Dull Care」的巨型雕像：一隻40英尺高（12米高）的混凝土貓頭鷹，那是古代和現在被充分研究的迦南神之一，曾經並且仍然受到「兄弟會」的崇拜，通常象徵著貓頭鷹，被稱為Molech摩洛之神。

在俱樂部年度聚會的第一個晚上，天黑後舉行了秘密儀式。在成員們的面前，一艘小船穿過湖面，駛向一群戴著兜帽的黑衣人，他們在貓頭鷹雕像前等候，一位大祭司從擺渡人那裡接過一個人像，將其放在神社腳下，並將其安放著火。儀式象徵性地火化了世俗和「沉悶的良心」，以確保俱樂部仲夏會議的成功。這部分並不是對格羅夫每年發生的事情的誇大，這都是事實，但是當世界領導人假裝向樹林中央的一座40英尺高的神殿獻上一個人的火熱祭品時，很難相信它只是像徵性的。

為期兩週的營地活動的核心是「關懷火葬」（Cremation of Care）儀式。一場虛擬的惡魔盛宴，這部異教戲劇是一部由傑出演員組成的大型戲劇作品（男演員扮演戲劇中的女性角色，主要的變裝）。類似於古代歐洲的酒神崇拜，崇拜各種神靈，崇拜動物偶像，進行性狂歡，奉上人類作為犧牲，波西米亞儀式在神秘的秘密社團戲劇

中居於首位。1881年首次舉行了關懷火葬儀式，詹姆斯·F·鮑曼（James F. Bowman）為爵士。1893年，一位名叫約瑟夫 D. 雷丁（Joseph D. Redding）的成員進一步擴大了儀式，並舉辦了一場名為「森林中的犧牲」的仲夏狂歡節，或簡稱為「德魯伊鬼怪」，其中兄弟之愛和基督教與異教鬥爭並戰勝了異教，使德魯伊遠離血腥的犧牲。

另一方面，「關懷火葬」創始人、波西米亞俱樂部主席約瑟夫與英美精英家庭關係密切，所以誰知道他的靈感來自哪裡。還有著名的波西米亞俱樂部成員安布羅斯·比爾斯（Ambrose Bierce），他在來到舊金山之前在英格蘭度過了3年。比爾斯寫了《魔鬼詞典》，這本書展示了人類早期對異教習俗的了解。當我們了解這些重要的詞匯，然後才能得出任何結論。

《魔鬼詞典》節選

以下是從《魔鬼詞典》的節選：

巴力（Baal）：名詞。一個古老的神祇，以前以各種名字受到崇拜。作為巴力，他在腓尼基人中很受歡迎；作為貝魯斯或貝魯斯，他有幸得到了著名的大洪水記述的貝羅蘇斯牧師的侍奉。作為巴別，他在示拿平原上建了一座塔，部分是為了榮耀他。我們的英文單詞「babble」來自Babel。無論以什麼名義崇拜，巴力都是太陽神。作為Beelzebub，他是蒼蠅之神，蒼蠅是由死水上的太陽光線產生的。

酒神（Bacchus）：古人發明的一個方便的神靈，作爲醉酒的藉口。

基督徒：名詞。相信《新約聖經》是一本受神啟迪的書，非常適合他鄰居的精神需要的人。一個遵循基督教義的人，只要它們與罪惡的生活不相矛盾。

德魯伊（Druids）：名詞。古代凱爾特宗教的牧師，他們不屑於採用人類犧牲的卑微誘惑。現在對德魯伊及其信仰知之甚少。普林尼說，他們的宗教起源於英國，向東傳播到波斯。凱撒說那些想研究它的奧秘的人去了英國。凱撒本人去了不列顛，但在德魯伊教會似乎沒有獲得任何高升，儘管他在人祭方面的天賦相當可觀。德魯伊在小樹林裡舉行宗教儀式，對教堂抵押貸款和長椅租金的季票制度一無所知。簡而言之，他們是異教徒，而且因爲他們曾經被英國基督教被稱爲反對者。

共濟會：一個有著秘密儀式、怪誕儀式和奇裝異服的秩序，起源於查理斯二世（1649年至1660年統治）時期倫敦的工匠已秘密維繫這個遠古的組織，從過去幾個世紀的先輩接連加入，直到現在它包含了從創世記人類祖先亞當，查理曼大帝、凱撒大帝、居魯士、所羅門、瑣羅亞斯德、孔子、托特姆斯和佛陀在不同時期創立。在巴黎和羅馬的地下墓穴、帕台農神廟和中國長城的石頭上、卡納克神廟和巴爾米拉神廟以及埃及金字塔中都發現了它的標誌和符號，總是由共濟會成員發現。各種遠古的工藝和秘密都是由共濟會成員所

控制和保存。

馬爾薩斯(Malthusian)：形容詞。與馬爾薩斯及其學說有關。馬爾薩斯相信人為限制/控制人口，但發現無法通過談話來做到這一點。馬爾薩斯思想最實際的代表之一是猶太的希律王，甚至有很多著名的君主和統治者都有相同的思維方式。

瑪門(Mammon)：《聖經》七宗罪的「貪婪」。全球崇拜撒但中的主要異端的惡魔，主殿位於聖城紐約。

人類(Man)：名詞。一個物種如此迷失在對他認為自己相信的狂熱真理中，以至於忽視了他無疑應該是什麼。他的主要職責是消滅其他動種和他自己相同的物種，然而，這些物種以如此持續的速度繁殖，以至侵染整個可居住的地球。

精靈(Sylph)：名詞。一種非物質但可見的存在，當空氣是一種元素時，在它被工廠煙霧、下水道氣體和類似的文明產品嚴重污染之前，它就居住在空氣中。Sylphs與侏儒、仙女和蠑螈結為同盟，它們分別居住在土、水和火中，因為現在世界都不潔淨，所以它們都消失於世界中。

讀者可從上述的詞彙中明白儀式背後的解說。巴力、酒神、德魯伊和共濟會（「秘密儀式、怪誕儀式和奇裝異服」）的結合與波西米亞叢林的關係相當有趣。許多人聲稱巴力在開幕式上受到崇拜，這

個儀式肯定與這位古代神祇相關的儀式有一些相似之處。

羅馬酒神與更著名的希臘酒神狄俄尼索斯是一樣的，酒神、性和狂喜自由、生育力和慶祝。他們儀式的目的與波西米亞叢林的概念非常相似，即參與者要擺脫對日常生活的任何擔憂。雖然在1919年 Larry Semon 解說「Dull Care」的確切來源或含義，但上面的詩是羅馬帝國的一位詩人寫的，也是我能找到的最早的參考資料，表明它也與葡萄酒有著密切的聯繫，就像巴克斯和狄俄尼索斯一樣。無論如何，Dull Care 是一種「嘲弄的精神」，需要從森林中驅逐出去。這是可以追溯到蘇美爾人的古老傳統。蘇美爾人使用「barra」這個詞（開始）從土地上驅逐不受歡迎的靈魂。這些傳統傳播到巴比倫、希臘和羅馬。中世紀之後，詩人和劇作家偶爾會注意到它，並將其融入到他們寫的一些作品中。

至少從17世紀晚期開始，這個詞在英國被頻繁使用。自霍勒斯以來，我能找到的第一個參考資料是位於英格蘭的 John Playford: Musical Companion 的1687年戲劇「Begone, Dull Care」。移民詩人和作家將這個詞帶到了美國，其中許多人最終來到了舊金山。很可能在弗朗西斯培根（Francis Bacon）時代已經使用了Dull Care 一詞，在1500年代末和1600年代初的小組，由威廉塞西爾爵士（Sir William Cecil）和羅伯特·塞西爾（Robert Cecil）、約翰·迪（John Dee）、他的學生愛德華·德·維爾（Edward de Vere、埃德蒙·斯賓塞（Edmund Spenser）、培根本人、伊麗莎白一世、詹姆斯一世和其他幾個人組成。為什麼我對他們感興趣？這些人（主要）

負責創建玫瑰十字會、共濟會和以諾魔法。德維爾家族 De Vere 參與了皇家巫術的實踐，他的家人認爲自己是大德魯伊-龍族的成員。酒神 Bacchanalian 的做法在這個群體中是眾所周知的。

喬治布殊父子於1995年湖畔談話。演藝人員、教授、太空人、商界領袖、內閣官員、中央情報局局長以及未來和前總統都曾在格羅夫發表過重要的非正式會談。

　　波西米亞俱樂部的主要座右銘「編織蜘蛛，別來這裡」(Weaving spiders, come not here) 也源於他們。它取自莎士比亞寫的《仲夏夜之夢》第二幕的第二個場景，他至少從愛德華·德維爾(Edward de Vere)那裡得到了一些靈感，儘管一個案例可以讓德維爾寫了幾乎所有歸因於他的東西。然而，枯燥無味的主題並不是莎士比亞原著麥克白的一部分，但在1847年的朱塞佩威爾第(Giuseppe Verdi)版本中，麥克白夫人提到了「枯燥的護理 Dull Care」。

回到培根（Francis Bacon）集團，他們負責英國對美國的殖民統治，培根認為美國是「新亞特蘭蒂斯」，而特別是塞西爾和他們的許多血緣親屬在其中發揮了重要作用，建立了英國和後來的英美帝國。權貴精英的英美家族很可能參與了火葬儀式的創建。

比爾斯還在他的字典中描述了德魯伊，這些德魯伊與小樹林有著有趣的聯繫。「grove」這個詞通常意味著「一個小樹林」，但它也可以指「異教之路」或「異教林」，它是不同異教宗教的學習中心。可能並非偶然，「格羅夫 grove」這個詞作為一個學習中心，最常被參與德魯伊傳統的異教徒使用。例如「Celtic grove」和「Druid grove」。儘管如此，在1890年代初期，約瑟夫 D. 雷丁擔任波西米亞俱樂部主席期間，還是決定在紅杉林中租用一塊土地。同時，他創造了最初的關懷火葬儀式並擔任其大祭司。雷丁的背景與普通的波西米亞俱樂部藝術家完全不同。他的父親是南太平洋鐵路公司的土地代理人，該公司由英美朝聖者協會家族擁有，包括哈里曼（Harriman）〔南方太平洋和聯合太平洋的主席是愛德華亨利哈里曼（Edward Henry Harriman），由雅各布希夫（Jacob Schiff）資助〕和哈克尼斯（Harkness）〔主要洛克菲勒標準石油公司的股東；與斯蒂爾曼（Stillmans）家族通婚，後者也與洛克菲勒家族通婚；摩根大通的合夥人；英聯邦基金和朝聖者信託基金的聯合創始人〕。雷丁去了哈佛法學院，成為了一位富有的律師。此時雷丁居住在紐約，周圍環繞著朝聖者協會的成員。

貓頭鷹與摩洛（Moloch）關係
傳統上，至少在陰謀領域，格羅夫的貓頭鷹與摩洛有關，儘管越

來越多的人開始質疑這一假設。我從未見過一篇非波西米亞俱樂部相關的文章,其中 Moloch 與貓頭鷹有關。一個任何最不熟悉波西米亞叢林的人都聽說過這種40英尺高的石頭貓頭鷹是對摩洛(Moloch)的投射,與聖經中的兒童祭祀和摩洛傳統有關。然而,貓頭鷹對波西米亞俱樂部來說也是如此,傳統上象徵著智慧。雖然沒有古代描述摩洛神像實際上是什麼樣子,但相對現代的描述總是描繪出一尊牛頭雕像。事實上,縱觀歷史,摩洛從未與貓頭鷹聯繫在一起,直到互聯網時代。

波西米亞格羅夫的貓頭鷹雕像

相信艾力鐘斯(Alex Jones)是第一個將 Moloch 的意像放在貓頭鷹上的人。2000年他偷偷溜進了格羅夫,拍攝了火葬儀式,並成為了互聯網陰謀論巨星。在他的電影中,艾力多次說波西米亞貓頭鷹代表邪神摩洛。

以書本形式的第一個揭密似乎是大衛・艾克（David Icke）的《最大的秘密 The Biggest Secret 》（1999年2月），比艾力潛入夏令營還早一年。

在第335頁，在第一版中，我們讀到：貓頭鷹是摩洛的象徵，是寧錄/巴爾的一個面向。摩洛要求犧牲孩子，巴比倫人、希伯來人、迦南人、腓尼基人和迦太基人的孩子正是爲了這個神而被燒死。這張照片爲多年來的說法提供了視覺支持，卽德魯伊儀式正在格羅夫舉行，穿著紅色長袍的人在遊行隊伍中向摩洛大貓頭鷹吟唱。能夠在黑暗中看到並具有360度視野範圍的象徵意義也適用於兄弟會神明。這些舉世聞名的兄弟會新人在波希米亞叢林「營地」開始時燃燒了一個凱爾特柳條雕像，以像徵他們的「宗教」。

當地社區報紙《聖羅莎太陽報》於1993年7月報導了波希米亞叢林的迦南崇拜和摩洛傳說，但可以預見的是警方對該地點涉嫌謀殺的調查毫無結果。

艾克提到的 The Santa Rosa Sun作品，這是它在1996年的回顧。根據 Mark Walter Evans 的說法，Moloch（Molech）/Owl 的標識如下：考慮到它的神秘性質和歷史淵源，火葬儀式是否應該如此迅速地被取消？這個儀式類似於古代迦南人對偶像摩洛的崇拜。就像波西米亞的貓頭鷹一樣，古老的亞捫人偶像摩洛是一座高聳入雲的建築。貓頭鷹是實心的，而青銅摩洛是空心的。摩洛崇拜包括祭祀每個亞捫人新婚家庭的長子。大祭司在野獸的腹部生起火，直到

火焰從口中噴出，大祭司登上了一個腳手架，將頭胎男嬰扔進摩洛胸口的一個孔中，伴隨著祭司們的鼓咒和低沉的儀式禮拜摩洛。

THE CREMATION OF CARE (1907)

這是 Gabriel Moulin 拍攝的 1907 年波希米亞叢林火葬儀式照片

從儀式上講，在格羅夫舉行的貓頭鷹崇拜與摩洛崇拜有些不同。Peter Weiss在1989年11月的《間諜雜誌》上寫道，「波西米亞俱樂部文學，Dull Care 儀式源自德魯伊儀式、中世紀基督教禮儀、公禱書、莎士比亞戲劇和19世紀的美國小屋儀式。」這是正宗的儀式，還是一種更黑暗的祭祀儀式的公關糖衣，即使在象徵層面上也很可怕？

約翰·德坎普(John DeCamp)的書《富蘭克林掩飾》(The Franklin Cover-Up) 包括保羅·博納奇（Paul Bonacci）的證詞，講述了1984年7月26日在加利福尼亞「一個有大樹的地區」，

一名兒童被謀殺的虐殺電影(Snuff Film)。在聖羅莎的一次會議上，德坎普告訴一個小組，他已經刪除了博納奇對一隻巨大的、長滿苔蘚的貓頭鷹和身穿紅色連帽長袍的男人的描述，因為他當時不知道波希的貓頭鷹，並認為「牽強得難以讓人相信」。1992年秋天，保羅·博納奇在格羅夫看到了一張長滿苔蘚的貓頭鷹的黑白照片，並很快將其確定為德坎普書中描述的1984年7月虐殺電影的拍攝地。儘管自1992年10月中旬以來執法人員就得到這份證詞，但沒有官方調查已經完成。一個被命名為「Dull Care」的棺材，就像亞瑟王的逝世一樣，在湖對岸的船上承載，不僅是「關懷世界」的象徵，也是關懷自己的象徵。作為一個集體，格羅夫的居民是製造和策劃戰爭的統治階級和上層推銷員，現代摩洛。犧牲了人性的關懷、良心和商業交易的後果是有道理的，以免他們為全球數百萬生活受到20世紀帝國主義戰爭影響的靈魂負責。

在1980年代，一些記者設法在波西米亞俱樂部度過了幾天，並發表文章講述他們在那裡的經歷。第一次是在1980年。當地雜誌《瓊斯媽媽》(Mother Jones)派瑞克·克洛赫(Rick Clogher)追行調查，一年後他的報告出現在雜誌上：「波西米亞叢林：權力精英的秘密撤退」(《瓊斯媽媽》，1981年8月)。克洛赫沒有參加火葬儀式，但他參與了 William F. Buckley 的湖畔演講，以及主要的格羅夫戲劇(那年稱為奧林匹斯山)，由 Peter R. Arnott 撰寫。

主流媒體中，關於格羅夫的最詳細文章是菲利普·韋斯(Philip Weiss)的「宇宙大師前往營地：波西米亞格羅夫內部」，《間諜雜誌》

的彼得‧韋斯於1981年11月在 Mary Moore 的幫助下潛入；並在為期16天的露營期間在那裡度過了一周。「照料火葬儀式與古代迦南人對偶像摩洛的崇拜過於相似，以至兩者之間的關係不能如此輕易屏除。波西米亞貓頭鷹就像古代亞捫人的偶像摩洛一樣，是一座高聳的、比生命更大的大廈。青銅摩洛的內部是空心的，而貓頭鷹是實心的，祭壇就立在它面前。摩洛崇拜包括祭祀每個亞捫人新婚家庭的長子。在野獸的腹部生起火，把它燒好並點燃，火焰從嘴裡噴出來，大祭司登上了一個腳手架，把第一個出生的男孩扔進摩洛胸口的一個洞裡，隨著鼓的咒語和摩洛祭司低沉的禮拜儀式。從技術上講，在格羅夫進行的貓頭鷹崇拜與摩洛崇拜有些不同。」1989年11月《間諜雜誌》

波西米亞俱樂部是一個擁有136年歷史的全男性營地，可容納約 2,000 名全球精英成員。

談到摩洛、巴比倫或巴力：波西米亞俱樂部似乎是權力精英的聖地。波希米亞俱樂部有酒神和信衆醉酒狂歡的傳統。從歷史記載一般認爲，酒神崇拜始於公元前1200年至1000年之間的小亞細亞佛里幾亞（Phrygia）（位於今土耳其中西部），之後傳播到希臘、埃及，甚至遠至印度。該宗教因其廣泛使用催眠音樂、性狂歡、飲酒和大量暴力獻祭而聞名，至少在早期階段，包括人類獻祭在內。作爲一個神秘的邪教，它有公開和秘密的儀式。其中一個儀式包括Maenads，一群瘋狂的女人參與奇異的血液儀式。這包括撕開人類並吃掉他們的肉。在此期間，他們被酒神附身，爲他們提供了超人的力量。

Nicholas de Vere 在他的著作《魔戒龍王的起源》(The Origin of the Dragon Lords of the Rings)中補充道：「酒神儀式是食人族和吸血鬼，與拿非利人之子（泰坦巨人）時代的食人族和吸血鬼時代相呼應。」

公元前 5世紀，該異教在雅典結束後，他們在雅典衛城的南側建造了一座劇院 Dionysus Theater 以紀念狄俄尼索斯。後來用石頭改建。在希臘和羅馬的酒神劇院上演了許多戲劇，通常圍繞各自的神話展開。每個節日的開始總是爲祭祀而設的。大多數學者認爲，在那些日子裡，祭祀不再包括人類，至少不是公開的，但被殺的動物數量相當可觀。例如，在公元前333年有一個事件，其中有240頭公牛被獻給狄俄尼索斯。那一定是一場血洗。很久以後，在公元前186年，有鑑於人類獻祭、暴力性狂歡、暗殺和其他政治陰謀的指控，羅馬帝國取締了「酒神節」並處決了數千名成員。部分指控很可

能被誇大了，儘管這些指控中的大多數在早期都有很詳盡的記錄。

根據曼利·P·霍爾(Manly P. Hall)，該邪教由擁有高技術建築師(遠古共濟會)的秘密核心組成，他們的公共建築基於神聖的幾何學和占星術(他們經常用特定的星座反映他們的結構)。同修中包括建造泰瑞安神廟(Tyrian Shekels)的人，後者於公元前969年被所羅門王僱用在摩利亞山建造第一座猶太神廟。所羅門一直被認爲是各種秘密社團成員和上帝的重要魔術師，據說他控制了精靈(可以召喚的元素生物)。這些幫助他與僱員一起建造了他的寺廟和城市。

異教崇拜

公元前206年，另一位非常著名的神祇從佛里幾亞傳入羅馬：女神希栢利(Cybele)，曾經在狄俄尼索斯旁邊供奉。她的狂歡儀式非常相似：大祭司被閹割，被告知要像女人一樣生活，進行血祭，沐浴在血中，並在某些儀式中將自己切開。儘管秘密社團的歷史極其複雜，但將酒神建築師和所羅門神殿，與玫瑰十字會、聖殿騎士團及其羅斯林教堂聯繫起來並不難。12世紀初，聖殿騎士一直在摩利亞山下挖掘。1307年他們逃到蘇格蘭後，他們的後代在15世紀建造了新版本的所羅門聖殿。聖殿騎士到達後不久，嘉德勳章(The Order of the Garter)和龍庭(Dragon Court)〔帝國皇家龍庭(The Imperial Royal Dragon Court)，簡稱龍庭，是歐洲的煉金術修會〕在英國建立，玫瑰十字會啟蒙的跡像開始浮出水面，以諾魔法誕生了，隨後蘇格蘭儀式的共濟會誕生。甚至龍庭，引用天主教詞典，也承認聖殿騎士逃到蘇格蘭並在那裡催生了共濟會。

對酒神的崇拜也在一些秘密社團中進行。英國歷史上最臭名昭著，以酒神之名尋歡作樂之一是地獄火俱樂部(The Hellfire Club)的弗朗西斯・達什伍德爵士(Sir Francis Dashwood)，他在1700年代中期在自己的儀式中爲酒神/狄俄尼索斯保留了核心角色。達什伍德年輕時曾訪問過許多歐洲皇家宮廷，最終成爲財政大臣和樞密院成員(1761年)。富蘭克林(Benjamin Franklin)是地獄火俱樂部的偶爾來訪者，最終成爲了新亞特蘭蒂斯的開國元勳，也就是衆所周知的美利堅合衆國。

在英國，德魯伊和聖殿騎士的做法似乎融合在一起，隨後是猶太銀行家(可能是卡巴拉主義者/赫密士主義者)，就像玫瑰十字會和其他赫密士主義者一樣，他們也受到所羅門和他的寺廟的啟發。最後一個由羅富齊家族領導的團體在 19 世紀圓桌小組決定，是時候讓猶太人返回巴勒斯坦並與大英帝國結盟。

這種不同元素的融合，也可能發生在波希米亞叢林中，得到了尼古拉斯・德・維爾在《魔戒龍王的起源》中的支持：「巫術的儀式是多種多樣的，包含了(Catharist)卡特里派和(Templar)聖殿騎士、(Druidism)德魯伊主義和(Bacchanalian)酒神實踐的綜合。」

本傑明・迪斯雷利(Benjamin Disraeli)是英格蘭的第一位猶太首相，也是羅富齊家族和塞西爾家族的密友，曾將維多利亞女王稱爲「仙后」(The Faerie Queen)，通常認爲這沒什麼意義。不過看看

迪斯雷利，這位嘉德騎士、圓桌小姐創始人的朋友，他或受到秘密社團的影響，這可能參考了埃德蒙斯賓塞（Edmund Spenser）的故事「仙女女王」（因為他被稱為伊麗莎白一世女王），其中也有一個「紅十字騎士」[玫瑰十字會（Rosicrucian）的一個秘密分支]。

斯賓塞是弗朗西斯·培根集團的一員，也是約翰·迪伊（John Dee）的密友，約翰·迪是以諾魔法的創始人，並以撰寫《玫瑰十字會的秘密》而著稱。斯賓塞為迪伊的學生 Edward de Vere 奉獻了幾部作品，斯賓塞應該有定期拜訪他（de Vere 與 Anne Cecil 夫人結婚，早期住在 William Cecil 爵士的家裡）。

故此波希米亞俱樂部的儀式相信和德魯伊有所關連，而且與共濟會和朝聖者俱樂部亦有一定的隱密關係，所以今天這種做法多少仍在進行是有可能的。不過不是說這些人全部都是邪惡的，只是波希米亞俱樂部與共濟會團體有很多相似之處，其中一定程度的保密和精英主義是基本成分。

本篇文章的結論，我們在這篇文章中了解了關於波西米亞俱樂部背後同異教崇拜和魔法的關係。英美精英可能知道 Cremation of Care 某些秘密。但是始終沒有定論。一些基本問題沒有得到實質答案解答。貓頭鷹應該代表誰或什麼，波西米亞人自己有什麼想法？對某些人來說，它可能指的是古希臘（雅典娜），它一直是西方世界神秘宗教的靈感來源。其他人可能認為這是對異教女神伊什塔爾或伊

南娜的引用。一些人可能認為它象徵著莉莉絲和她的龍血統。還有一些人無疑認為貓頭鷹只不過是波西米亞俱樂部的象徵。話又說回來，華盛頓國會大廈周圍的貓頭鷹符號只是巧合嗎？

其他未回答的問題包括：誰或什麼啟發了約瑟夫‧雷丁(Joseph Redding)將護理火葬放在一起？

「關懷火葬」的參與者，是否在儀式開始時進入一種古老的酒神狂喜的恍惚狀態，就像亞歷克斯‧鐘斯(Alex Jones)所描述的那樣？

根據鐘斯在波希米亞俱樂部說舉行儀式中，清楚地描繪了有一個嬰兒在火葬儀式中被犧牲了，究竟是不是真呢？

1977年7月，世界上一些最富有和最有權勢的人都會聚集在加州蒙特里約熱內盧佔地2,700英畝的露營地，進行為期兩週的酗酒、超級秘密會談、德魯伊崇拜。

西方神秘主義是精英主義，和主流宗教相比有更大的影響，與政治、銀行、法律和情報各個界別地交織在一起，如果嘗試看清那薄薄的面紗，你會看到大部分上層的精英共同相信理念是來自很久遠的秘密知識和宗教，似乎和大眾的認知有相同精神啟蒙。

我的猜測是格羅夫的火葬儀式是來自一個隱藏的秘密宗教，而且具有非常非傳統和歷史的儀式。古代詩人和其他藝術家經常在他們寫的作品中傳達隱藏的近似信息和雙重含義，尤其是當他們與上流社會/貴族有關係時。這肯定一直是玫瑰十字會、共濟會、德魯伊教或任何其他神秘宗教的特定特徵。莎士比亞，或者第17代牛津伯爵，經常被引用爲例子，而約瑟夫·雷丁很可能會成爲另一個例子，一個相信已失落的宗教和知識的人，繼續保存這個神秘的秘密。

一場無聲的戰爭：格拉迪奧行動

格拉迪奧行動製造出深層政府所定義的「緊張戰略」。這種「戰略」被視為一種操縱歐洲公眾看法、思想、意見和投票行為的方式，使之遠離進步的政黨和領導層，並轉向政治領域的保守派。

　　格拉迪奧行動(Operation Gladio)就是從冷戰之後，潛伏在歐洲和南美中。在中央情報局的投入/監督下，在北約的支持下，格拉迪奧行動利用偽旗恐怖主義，主要是炸彈襲擊，以及槍擊事件，以製造歐洲處於冷戰中，蘇聯的地下勢力破壞歐洲的和平，格拉迪奧行動製造出深層政府所定義的「緊張戰略」。這種「戰略」被視為一種操縱歐洲公眾看法、思想、意見和投票行為的方式，使之遠離進步的政黨和領導層，並轉向政治領域的保守派。一些已公開的格拉迪奧行動特工作證說，其目的是迫使公眾尋求更強大、更專制的警察和國家存在，以保護公民免受政治暴力。至關重要的是特工實施的暴力通常被歸咎於左翼、共產主義或社會主義政黨，和/或鼓吹進步或革命變革的團體。然而，幾十年來的暴力實際上是由北約格拉迪奧留守部隊中的右翼組織實施的。因此，根據定義，格拉迪奧行動是精心策劃的偽旗恐怖主義，不是由「左派」實施的，而是由歐洲的許多西方機構與中央情報局協調實施的。

格拉迪奧行動部隊最初是在中央情報局和北約的監督下組織的，表面上是作爲一種以游擊戰方式應對未來蘇聯可能入侵西歐的方式。然而由於缺乏合作的蘇聯軍隊來殺害和恐嚇西歐人民，中央情報局和北約　承擔了殺戮和恐嚇自己的任務。格拉迪奧行動的恐怖主義是爲了塑造歐洲公衆的思想，從而操縱政治格局以支持美國和歐洲精英的目標。這就是格拉迪奧行動的現實，這也是了解其行動對於我們理解當今恐怖主義至關重要的原因。

二戰結束後，梵蒂岡、中央情報局、前納粹分子、西西里/美國黑手黨，各方勢力結成聯盟，與前蘇聯以及世界其他正在崛起的親蘇聯政府進行冷戰。1940年法國淪陷後，溫斯頓·丘吉爾創建了特別行動執行官(Special Operations Executive)，以協助抵抗運動，並在被佔領的歐洲開展破壞和顛覆行動。半個世紀後，據透露，除了 SOE 之外，英國還設立了一個極其秘密的留守組織，爲納粹德國可能的入侵做準備。

在英國各地形成了一個抵抗戰士網絡，並建立了武器庫。該網絡部分是從蘇格蘭衛隊第五(滑雪)營招募的(與芬蘭軍隊並肩作戰以對抗蘇聯入侵芬蘭)。該網絡被稱爲輔助部隊，由游擊戰專家科林·古賓斯少校(Colin Gubbins)領導(後來領導SOE)。這些部隊部分由「瘋狂邁克」卡爾弗特訓練，一名專門從事炸藥爆破和秘密襲擊行動的皇家工程師軍官。在公衆可見的範圍內，輔助部隊被僞裝成本土警衛隊，隸屬於 GHQ 本土部隊。據稱該網絡於1944年解散；它的一些成員隨後加入了特種空勤隊，並在西北歐看到他們的行動。

1942年梵蒂岡銀行成立。同年海軍情報局（ONI）招募了傑出的毒梟查理·盧西安諾（Charles Luciano）。綽號「幸運」（Lucky）的盧西安諾是一名意大利出生的黑幫和黑手黨犯罪老大，活躍於美國。盧西安諾因創立了第一個黑手黨委員會而被稱爲「美國現代有組織犯罪之父」，傳聞電影《教父》就是以他爲創作藍本。當冷戰開始，美國戰略服務辦公室（OSS）的瑞士主任艾倫杜勒斯得出結論，「我們正在與錯誤的敵人作戰。二戰後隱藏在東歐的殘餘納粹近衛隊通過梵蒂岡向杜勒斯發送了一條信息，即納粹政府希望與美國建立單獨的和平；他們想與蘇聯人作戰。杜勒斯在伯爾尼會見了馬克斯·馮·霍恩洛赫王子。霍恩洛赫發現杜勒斯同意他的觀點。後來，杜勒斯還與其他納粹官員會面，建立了新的聯盟。OSS遠東特別情報處處長Paul E. Helliwell上校想設立美國情報界與有組織犯罪集團之間的另一個聯盟。

因此美國情報機構將毒梟盧西安諾從監獄中釋放出來，允許他建立自己的毒品帝國，只是看著毒品流入紐約和華盛頓的黑人聚居區。從老撾和緬甸到馬賽和巴拿馬，深層政府建立了全球的毒品網絡，利用梵蒂岡，納粹勢力在南美和西班牙的黑資金建立出一個獨立帝國出來。

傳聞電影《教父》就是以查理·盧西安諾（Charles Luciano）爲創作藍本。

緊急戰爭計劃

從全球勢力下，第二次世界大戰後，英國和美國決定建立「留守」準軍事組織，其官方目的是通過敵後破壞和游擊戰來對抗蘇聯可能的入侵。無論是在意大利還是在其他歐洲國家，軍火庫都被隱藏了起來，逃生路線也準備好了，忠誠的成員也被招募了。它的秘密「小組」將留在敵人控制的領土內，並充當抵抗運動，進行破壞、游擊戰和暗殺。

秘密留守（Scots Guards, SB）單位是在前國有企業官員的經驗和參與下創建的。朱利奧·安德烈奧蒂（Giulio Andreotti）於1990年10月洩密後，萊茵河英國陸軍前總司令約翰·哈克特（John Hackett）將軍於1990年11月16日宣佈，制定了一項涉及「留守和縱深抵抗」的戰後應急計劃。同一周，曾在1979年至1982年間擔任北歐北約部隊總司令的安東尼·法拉爾·霍克利（Anthony Farrar-Hockley）向《衛報》宣佈，戰後英國建立了一個秘密武器網絡。

作為緊急戰爭計劃的一部分，歐洲戰後的軍事聯盟：北約提供了一個論壇來整合、協調和優化所有 SB 資產的使用。這種協調包括作為北約作戰命令一部分的軍事 SB 單位，以及由北約國家管理的秘密留守組織SBO。第二次世界大戰後不久，西方特工部門在各種雙邊、三方和多邊論壇上合作創建、培訓和運營秘密留守組織。1947年，法國、英國和比荷盧經濟聯盟國家在西聯秘密委員會（WUCC）中制定了一項關於 SB 的聯合政策，西方聯盟就是從這個背景成立，先於北約的歐洲防務聯盟。該組織於1951年至1952年左右進入北約

結構，當時歐洲盟軍最高指揮官 SACEUR 在 SHAPE 建立了這樣一個「特設」委員會，即秘密規劃委員會CPC。CPC在和平時期的作用是協調北約國家，以及瑞士和奧地利等合作夥伴的不同軍事和準軍事計劃和項目，以避免重複工作。CPC本身至少有兩個工作組，一個負責通信，一個負責網絡。SACEUR 還成立了一個特別項目處，以發展和協調「支持 SACEUR 軍隊的秘密部隊」。

1960年代美國整個精英階層被暗殺，約翰·甘尼迪、馬爾科姆、馬丁路德金和羅拔·甘迺迪，在5年內被暗殺。在歐洲，這包括後來對前任意大利總理阿爾多·莫羅（Aldo Moro）和前任瑞典首相奧拉夫·帕爾梅（Olaf Palme）的暗殺。

1969年尼克遜就任總統後，冷戰令到歐洲擔心蘇聯入侵，恐懼令到這種緊張氣氛戰略獲得了更大的推動力。國家顧問基辛格下令利西奧·蓋利（Licio Gelli）進行恐怖襲擊和政變。美國和梵蒂岡為這些行動提供了數百萬美元。大部分資金都是以秘密的方式籌集的。歐洲的第一次重大襲擊發生在1969年12月12日，當時一枚炸彈在意大利米蘭的 Banca Nazionale Dell' Agricoltura 大堂發生爆炸。17人在爆炸中喪生。一個小時內，三枚炸彈在羅馬爆炸。

根據官方數據，1969年1月1日至1987年12月31日期間發生了14,591宗出於政治動機的暴力行為。在這些恐怖襲擊中，491人死亡，1181人受傷。1965年至1981年，歐洲國家發生了大量恐怖襲擊事件。在一系列暗殺法國總統戴高樂的企圖失敗後，戴高樂譴責「五

角大樓的秘密戰爭」，並驅逐了北約歐洲總部人員。

在拉丁美洲，中央情報局和梵蒂岡發起了「禿鷹行動」，作為「格拉迪奧行動」的拉丁美洲版本。美國情報機構任意製造各種原因標籤拉丁美洲不支持美國外國政策的人，「任何政府如果主張把私營企業(尤其是外資公司)國有化、激進的土地改革、自給自足的貿易政策、接受蘇聯援助或反美外交政策，就有可能被貼上這樣的標籤。」

同謀罪行

中央情報局和梵蒂岡在1970年代初期開始了「禿鷹行動」(Operation Condor)，當時主業團得到智利主教的支持，以推翻阿連德總統的政府。天主教團體與中央情報局資助的組織密切合作，例如極右組織「祖國和自由」，後來變成了可怕的智利秘密警察。1971年，中央情報局開始向主業團智囊團智利常識研究所(IGS)支付數百萬美元用於規劃革命。政變後，IGS的許多成員加入了政府。埃爾南‧庫比略斯(Hernan Cubillos)成為外交部長。他是主業會雜誌《Que Pasa》的創始人，也是受中央情報局資助的聖地亞哥最大的報紙《El Mercurio》的出版商。威廉姆斯表明，梵蒂岡完全參與了禿鷹行動。教宗完全支持清洗左翼神職人員，軍政府的領導人是虔誠的天主教徒。即使皮諾切特將軍因謀殺數千名智利人而在英國被捕，梵蒂岡也沒有放棄他。梵蒂岡國務卿紅衣主教安傑洛‧索達諾代表教宗致函英國政府，要求釋放他。在皮諾切特統治下，數十萬智利人失踪，四千多人死亡。五萬多名智利人以天主教神的名義遭受酷刑。在梵蒂岡的幫助和祝福下，中央情報局的骯髒戰爭在許多拉丁美洲國家持

續存在。

　　以下只是二戰結束後幾十年來深層政府與許多西歐政府的同謀罪行的部分清單。重要的是簡要回顧一下它們，因為這些精心策劃的犯罪行為的交集，揭示了西方政府和機構缺乏合法性：

1.禿鷹行動（Operation Condor）-「鳳凰計劃」和持續的物質援助和軍事訓練支持，用於許多非西方國家的獨裁者、酷刑和敢死隊。
2.中央情報局和西方參與全球毒品走私的廣泛歷史，包括向美國進口毒品。
3.美國政府及中央情報局將窮人吸毒與毒品進口定為犯罪　，以建立類似種族隔離的監獄工業系統。
4.美國秘密和公開的外交政策行動涉及在西歐情報和／或軍方的協助下破壞、推翻和／或暗殺數十名前殖民地的外國領導人。
5.美國企業，金融集團在二戰前和二戰期間為納粹政權提供財政支持（與敵人交易），隨後是戰後中央情報局和其他美國政府機構招募納粹戰犯並將其收編。
6.二戰前美國寡頭推翻羅斯福的陰謀失敗。
7.中央情報局和聯邦調查局破壞和摧毀美國國內進步的社會和政治變革的計劃，例如，COINTELPRO MKUltra、反舌鳥行動（Operation Mockingbird）、混亂行動（Operation Chaos）。
8.第二次世界大戰後，前納粹分子、納粹合作者和法西斯分子，繼續分佈在戰後西歐的政府機構和權力機構。
9.幾十年來維持種族隔離制度，限制了非裔美國人獲得住房、投

票、工作機會和獲得平等教育等基本公共服務的機會。

10.許多違反國內法和國際法的，由美國領導或支持對主權國家的直接軍事入侵。

11.警察對手無寸鐵的少數美國平民和精神病患者的例行公然謀殺。利用北約和聯合國制裁、破壞穩定和軍事干預仍然獨立於西方控制的國家。

12.在國際貨幣基金組織、世界銀行和相關的西方金融和軍事體制結構的推動下，西方持續掠奪非洲、拉丁美洲和中東的自然資源。

13.Northwoods文件中提議的謀殺美國公民，以及在北約／中央情報局的格拉迪奧行動下謀殺歐洲公民。

這一連串的制度性犯罪行為是為了服務於美國和西歐同盟國政府外交和國內政策議程。

在深層政府授權下襲擊事件中，西方精英和機構故意殺害、致殘和/或對數以千計的歐洲公民進行心理恐嚇。這種暴力是在西歐政府選定成員的絕密勾結下，以及通過其情報機構、司法部門和各種警察部門內忠誠的右翼幹部進行的。格拉迪奧行動當然是對公眾隱瞞的，因為它既構成了叛國罪，也構成了由法律宣誓保護其公民免受此類犯罪侵害的西方政府結構的摧毀。儘管它的偽旗暴力活動以西歐為基地，但格拉迪奧行動為中央情報局在美國的行動提供了國內宣傳優勢。

由於與歐洲的格拉迪奧行動恐怖事件有關而感到內疚，美國的

大規模抗議活動和進步團體在公衆心目中留下了污點。

　　格拉迪奧行動將歐洲的左翼分子描繪成「殘殺無辜平民的兇手」。這種敍述被美國的企業媒體無休止地放大，它與 FBI 的 COINTEL-PRO 活動和 CIA 在國內的 Operation Chaos 計劃無縫地結合在一起。

　　回顧格拉迪奧行動的歷史，我們得出的關鍵結論是，西方精英利用大量國家機構出於政治目的故意瞄準並殺害本國公民，然後密謀掩蓋這一事實。由於未能廣泛公開揭露和討論格拉迪奧行動的歷史，西方國家的所有公民都容易受到國家支持的各種形式偽旗恐怖主義攻擊。

　　想想諾斯伍德(Northwoods)文件中的參謀長聯席會議　要求授權在美國進行偽旗恐怖行動，以證明入侵古巴是正當的。只有甘迺迪決定性地拒絕遵守，才阻止那些擬議中的格拉迪奧行動式偽旗行動在美國領土上發生。

偽旗恐怖主義

　　當我們試圖分析自蘇聯解體以來在西歐和美國發生的無數偽旗恐怖事件時，對格拉迪奧行動和諾斯伍德文件的歷史知識應該處於最前沿。官方的敍述常常讓我們對此類攻擊的眞實性質提出相當令人不安的問題。隨著蘇聯的軍事威脅消失以及伊斯蘭恐怖主義取而代之，官方敵人的身份發生了變化。

9/11事件和隨後的恐怖襲擊所產生的新敘事有力地塑造了西歐和美國公民的觀念、思想和意識。儘管這些事件經常被歸咎於伊斯蘭聖戰組織，但有見識的觀察家發現，關於肇事者的真實身份，許多問題仍未得到解答，通常包括他們與西方情報機構的聯繫性質。

然而，儘管格拉迪奧行動是歷史現實，但北約從未因在西歐進行偽旗爆炸和謀殺平民而受到法律訴訟和刑事起訴。北約不負責任且逍遙法外，其格拉迪奧行動部隊可能仍在原地，反而為歐洲繼續進行偽旗恐怖主義活動提供了可能的掩護。

在美國國內，中央情報局也從未因其在建議/協調格拉迪奧行動爆炸和恐怖主義方面而受到法律訴訟和刑事起訴。北約、中央情報局和所有相互關聯的西方警察、軍隊、政治家和司法機構的制度結構完全不受懲罰是有一個非常具體的原因的。用被定罪的炸彈行兇者 Vincente Vinciguerra 的話來說，原因很簡單：「......因為國家不能自己定罪或宣佈自己對所發生的事情負責。」這是因為，如果國家本身對格拉迪奧引致的爆炸事件和隱瞞這些事件的真相負責，等於承認西方機構實際上幾十年來在道德和法律上都已經破產，並且一直有系統地謀殺自己的公民，同時進行掩蓋。這樣的承認將證實我的論點，即西方的制度目前缺乏所有道德和法律的合法性，因此這樣的承認不可能發生。

這將需要它在歐洲開展業務的每個國家進行，並且還需要解決中央情報局的組織和業務支持問題。這與1970年代和80年代一些鮮

爲人知的古代歷史無關。格拉迪奧行動與當今恐怖主義之間的聯繫既令人不安又顯而易見。

這場戰爭至少在一定程度上是爲了摧毀中東剩餘的世俗政府，同時操縱該地區石油資源的控制權。在推行此類政策的過程中，西方政府和機構現已將整個地球推向西方與俄羅斯之間核戰爭的邊緣。然而，儘管美國對全人類構成了危險，但它繼續公開聲明要實現全方位的主導地位。

事實上，西方精英已經這樣做了幾十年。他們系統性地殺害了自己的公民，並且對此撒謊。有大量證據表明，他們在僞旗恐怖主義的面具下繼續做這兩件事。

從美國政府對9/11的官方描述中，9/11可以被視爲格拉迪奧行動「戰略」的合乎邏輯的延續，事實上造成世界緊張。

9/11是僞旗國家恐怖主義。根據定義，這是「彌天大謊」。它使德國國會大廈大火和希姆萊行動看起來都像是業餘愛好者的傑作。考慮到隨後在西方發生了數十年具有政治意義的僞旗事件，這麼多前納粹分子在二戰後進入美國情報部門，這或許不僅僅是具有諷刺意味的。

國家殺害自己的公民並指責外國或國內的敵人。人民指望國家提供保護，並將他們的民主權利拱手讓給一個更加軍國主義、更具侵略性和壓迫性的國家。在美國永久性戰時經濟的許多部門，國家

權力隨著企業利潤的增加而進一步澎漲。

不知所措的民眾生活在恐懼之中，並且在心理上容易受到下一次偽旗恐怖事件的影響，而實際上是政府而不是「恐怖分子」控制了這些事件。在9/11襲擊事件中，國家本身就是恐怖主義實體。

這些暗殺似乎都是不負責任的深層國家制度結構的活動，這些制度結構存在於視野、法律和道德之外，並用於連接西歐和美國的精英。如果不得出這樣的邏輯結論，即西方政府和機構已經成爲名副其實的大規模犯罪企業，它們經常違反國際和國內法律，表面上是爲了執行而存在，就不能將這些信息納入自己的意識。

在結束之前，讓我們退後一步，想像一個可能的世界。一個美國和國外的進步領導人沒有被暗殺或推翻以支持法西斯分子的世界；獨裁者沒有武裝，沒有教過酷刑技術；中央情報局是阻止而不是促進國際毒品貿易。想像

西方政府和機構已經成爲名副其實的大規模犯罪企業

一個不允許企業公司和寡頭擁有大衆媒體的世界，因此不允許將新聞武器化，將其簡化爲「簡單的支持戰爭」的大衆文化宣傳，同時反對政治候選人爲正在進行的戰爭牟取暴利。

想像一個世界，在這個世界中，群衆的政治組織沒有被國家機構系統地滲透、破壞和關閉。第三世界國家被允許獨立發展，不受西方的顛覆和控制；西方納稅人花在戰爭和暴力上的大量資金反而流向了公共利益。這是一個由暴力的不負責任的寡頭利益從人類那裡偷走的世界，這些寡頭利益通過長期名譽掃地和嚴重腐敗的西方制度結構進行統治。

歐洲深層政府與格拉迪奧行動年表

1940年在英國，首相溫斯頓·丘吉爾創建了秘密留守軍隊特種作戰執行官（SOE），通過協助抵抗運動和在敵人控制的領土上進行顛覆行動來點燃歐洲。第二次世界大戰結束後，在國有企業前官員的參與下，根據國有企業的經驗和戰略創建了留守軍隊。

1944年倫敦和華盛頓同意使西歐擺脫共產主義的重要性。在希臘，一場在雅典舉行的反對英國干涉戰後政府的大規模共產主義示威被秘密士兵的槍聲化解，造成25名抗議者死亡和148人受傷。

1945年在芬蘭共產黨內政部長萊諾揭露了一個正在被關閉的秘密留守基地。

1947年在美國，哈里杜魯門總統創建了國家安全委員會 NSC 和中央情報局。中央情報局的秘密行動部門，弗蘭克·威斯納（Frank Wisner）領導的政策協調辦公室 OPC 在西歐建立了留守軍隊。

1947年在法國，內政部長愛德華·德普勒（Edouard Depreux）透露了法國存在一支代號為「藍色計劃」的秘密留守軍隊。

1947年在奧地利，右翼極端分子 Soucek 和 Rössner 設立的秘密隱蔽處暴露無遺。科爾納總理在神秘的情況下赦免了被告。

1948年在法國，正在創建西方聯盟秘密委員會 WUCC 來協調秘密的非正統戰爭。北約成立一年後，世界統一戰組織正以「秘密計劃委員會」（CPC）的名義併入軍事聯盟。

1949年北大西洋公約組織（NATO）成立，歐洲總部設在法國。

1951年在瑞典，中央情報局特工威廉科爾比駐紮在中央情報局斯德哥爾摩站，支持在中立國瑞典和芬蘭以及北約成員國挪威和丹麥對留守軍隊進行訓練。

1952年在德國，前黨衛軍軍官漢斯·奧托向黑森州法蘭克福市的刑警透露了法西斯德國留守軍 BDJ-TD 的存在。被捕的右翼極端分子在神秘的情況下被判無罪。

1953年在瑞典，警方逮捕了右翼邊鋒奧托·哈爾伯格，並發現了瑞典的留守軍隊。哈爾伯格被釋放，對他的指控神秘地被撤銷。

1957年在挪威，國家情報局特工處處長維爾海姆·埃萬(Vilhelm Evang)強烈抗議通過美國和北約在國內顛覆他的國家，並暫時將挪威留守軍隊從中共會議中撤出。

1958年在法國，北約成立了盟軍秘密委員會(ACC)來協調秘密戰爭和留守軍隊。當北約在布魯塞爾建立新的歐洲總部時，代號為 SDRA 11 的 ACC 隱藏在總部毗鄰北約的比利時軍事特勤局 SGR 中。

1960年在土耳其，由秘密軍隊支持的軍隊發動政變，殺死了總理阿德南·曼德雷斯。

1961年在阿爾及利亞，法國留守人員和越戰法國戰爭的軍官發現了非法組織 Armee Secrete (OAS)，並在中央情報局的支持下在阿爾及爾發動了反對法國戴高樂政府的政變，但失敗了。

1964年在意大利，秘密的留守軍隊格拉迪奧捲入了一場無聲的政變，當時喬瓦尼·德·洛倫佐將軍在單獨行動中迫使意大利社會黨部長離開政府。

1965年在奧地利，警察部隊在靠近 Windisch-Bleiberg 的一個舊礦中發現了一個備用武器藏匿處，並迫使英國當局交出一份清單，其中列出了奧地利其他33個軍情六處武器藏匿處的位置。

1966年在葡萄牙，中央情報局成立了 Aginter Press，在 Yves Guerin Serac 上尉的指揮下，管理著一支秘密留守軍隊，並對其成員進行秘密行動技術培訓，包括動手炸彈恐怖主義、無聲暗殺、顛覆技術、秘密通信和滲透以及殖民戰爭。

1966年在法國，戴高樂總統譴責五角大樓的秘密戰爭，並驅逐了北約的歐洲總部。隨著軍事聯盟向布魯塞爾轉移，北約的秘密協議被披露出來，據稱這些協議保護了反共留守軍隊中的右翼分子。

1967年在希臘，留守軍隊希臘突擊隊接管了希臘國防部，並發動了一場軍事政變，建立了右翼獨裁政權。

1968年在瑞典，一名與留守軍隊密切相關的英國軍情六處特工將秘密網絡出賣給了蘇聯特工克格勃。

1969年在莫桑比克，葡萄牙留守軍 Aginter Press 暗殺了莫桑比克解放黨主席兼 FRELIMO 運動 Frente de Liberacao de Mocambique 的領導人愛德華多‧蒙德拉內（Eduardo Mondlane）。

1969年在意大利，米蘭的豐塔納廣場（Piazza Fontana）大屠殺造成16人死亡、80人受傷和致殘，並指左派是罪魁禍首。三十年後，在對右翼極端分子的審判中，意大利反情報部門前負責人吉安德利奧‧馬萊蒂將軍聲稱，大屠殺是意大利留守軍隊和右翼恐怖分子奉美國特勤局的命令進行的，原因是中央情報局為了抹黑意大利共產黨。

1970年在西班牙，包括格拉迪奧留守軍的Stefano delle Chiaie在內的右翼恐怖分子受僱於佛朗哥的秘密警察。政變失敗後，他們逃離了意大利，右翼極端分子瓦萊里奧‧博爾蓋塞（Valerio Borghese）下令秘密軍隊佔領羅馬的內政部。

1971年在土耳其，軍方發動政變並掌權。留守軍隊反游擊隊從事國內恐怖活動並殺死數百人。

1972年在意大利，一枚炸彈在 Peteano 村附近的一輛汽車中爆炸，炸死三名憲兵。這次恐襲最初歸咎於左翼，後來追溯到右翼恐怖分子文森佐‧文西格拉和意大利的留守軍隊格拉迪奧。

1974年在意大利，布雷西亞的反法西斯示威遊行中發生大屠殺，造成8人死亡、102人受傷和致殘，而在羅馬到慕尼黑的「意大利快車」列車上發生炸彈襲擊，造成12人死亡，48人受傷和致殘。

1974年在丹麥，秘密的留守軍隊阿布薩隆試圖阻止一群左翼學者成為丹麥歐登塞大學指導機構的成員，結果秘密軍隊暴露無遺。

1974年在意大利，軍事特勤局局長維托·米切利將軍因涉嫌顛覆國家罪名被捕，並在審判期間揭露了北約背後的秘密軍隊。

1976年在德國，BND 的秘書 Heidrun Hofer 在向她的丈夫透露了德國留守軍隊的秘密後被捕，她的丈夫是蘇聯特勤局克格勃的間諜。

1977年在土耳其，留守軍隊反游擊隊在伊斯坦布爾襲擊了500,000人的示威遊行，向演講者的講台開火，造成38人死亡，數百人受傷。

1977年在西班牙，在意大利右翼恐怖分子的支持下，秘密的留守軍隊在馬德里進行了阿托查大屠殺，並在襲擊與西班牙共產黨密切相關的律師辦公室時造成5人死亡。

1978年在挪威，警察發現了一個秘密留守組織，並逮捕了揭露挪威秘密軍隊的漢斯·奧托·邁耶。

1978年在意大利，前總理和基督教民主黨領袖阿爾多·莫羅在羅馬被一個武裝秘密部隊扣為人質，並在55天後被殺，因為他想將意大利共產黨納入政府。

1980年在意大利，一枚炸彈在博洛尼亞火車站二等艙候車室發生爆炸，造成85人死亡，另有200人重傷和致殘。調查人員將犯罪追溯到右翼恐怖分子。

1980年在土耳其，留守軍反游擊隊指揮官凱南‧埃夫倫將軍發動軍事政變並奪取政權。

1981年在德國，在德國呂訥堡海德(Lüneburger Heide)的於爾岑(Uelzen)村附近發現了一個大型後備軍火庫。據稱，右翼極端分子在前一年慕尼黑十月熊節期間利用該武器庫進行了一場大屠殺，造成13人死亡，213人受傷。

1983年在荷蘭，森林裡的嬰兒車在荷蘭村莊 Velp 附近發現了一個大型武器儲藏室，並迫使政府確認這些武器與北約對非正統戰爭的計劃有關。

1984年在土耳其，留守軍隊反游擊隊與反對者作戰，並在隨後的幾年裡殺死和折磨了數千人。

1984年在意大利，右翼恐怖分子文森佐‧文西格拉在法庭上揭露了格拉迪奧行動以及北約留守軍隊參與意大利旨在詆毀共產主義者的恐怖主義行為。他被判處無期徒刑和監禁。

1985年在比利時，一支秘密軍隊在布拉班特縣的超市隨機襲擊並射擊購物者，造成28人死亡，許多人受傷。調查將恐怖活動與比利時留守 SDRA8、比利時憲兵 SDRA6、比利時右翼組織（Westland New Post）和五角大樓特勤局國防情報局（DIA）之間的陰謀聯繫起來。

1990年在意大利，法官費利斯·卡森在羅馬的意大利軍事特工處檔案中發現了有關「格拉迪奧行動」的文件，並迫使總理朱利奧·安德烈奧蒂向議會確認該州存在一支秘密軍隊。正如安德烈奧蒂堅稱，意大利並不是唯一參與陰謀的國家，在整個西歐發現了秘密的反共留守軍隊。

1990年在瑞士，瑞士秘密留守軍 P26 前指揮官赫伯特·阿爾博斯上校在給國防部的一封機密信中宣稱，他願意透露「全部真相」。此後，他被發現在家中被自己的軍用刺刀刺傷。關於瑞士秘密軍隊的詳細議會報告於11月17日向公眾公佈。

1990在比利時，北約聯合秘密委員會（ACC）於10月23日至24日在比利時軍事特勤局局長范卡爾斯特將軍的主持下舉行會議。

1990年11月5日在比利時，北約斷然否認安德烈奧蒂總理關於北約參與「格拉迪奧行動」和西歐秘密非正統戰爭的指控。第二天，北約解釋說，前一天的否認是錯誤的，同時拒絕回答任何進一步的問題。

1990年在比利時，歐盟議會在一項決議中嚴厲譴責北約和美國利用留守軍隊操縱歐洲政治。

1991年在瑞典，媒體透露，在中立的芬蘭存在一支秘密的留守軍隊，在斯德哥爾摩設有流放基地。芬蘭國防部長伊麗莎白·雷恩稱這些報道是「童話」，並謹慎地補充說「或者至少是一個令人難以置信的故事，我對此一無所知。」

1991年在美國，喬治華盛頓大學的國家安全檔案館爲了公共信息和科學研究的利益，向中央情報局提交了關於秘密留守軍隊的信息自由（FOIA）請求。中央情報局以標準答覆拒絕了該請求：「中央情報局既不能確認也不能否認因應您的請求的記錄的存在或不存在。」

1995年在英國，常設展覽「秘密戰爭」的倫敦帝國戰爭博物館在一個裝滿炸藥的大盒子旁邊展示了軍情六處和 SAS 在整個西歐建立了留守軍隊。

1995年在意大利，由參議員喬瓦尼·佩萊格里諾（Giovanni Pellegrino）領導的參議院委員會研究格拉迪奧行動和前總理阿爾多·莫羅（Aldo Moro）被暗殺事件，向中央情報局提交了信息自由法請求。中央情報局拒絕了該請求並回覆：「中央情報局既不能確認也不能否認因應您的請求的記錄的存在或不存在。」

1996年在奧地利，中央情報局設立的留守武器藏匿處被發現。對於奧地利政府，維也納大學的 Oliver Rathkolb 向中央情報局提交了一份關於秘密留守軍隊的 FOIA 請求。中央情報局拒絕了該請求並回覆：「中央情報局既不能確認也不能否認因應您的請求的記錄的存在或不存在。」

CHAPTER **2**

金權力量

── 華盛頓特區、猶太金融力量控制全球 ──

美國不是一個國家，它是一間公司（殖民地），而總統是「美國公司」的總裁。他和他的官員（內閣官員）和民選官員（國會）一起為公司工作，而不是為美國人民工作。既然美國是一家公司，那麼誰擁有美國這間公司呢？

哥倫比亞特區的憲法在被稱為「Lex Fori」的專制羅馬法下運作，與美國憲法沒有任何相似之處。當國會通過1871年法案時，它創建了一個獨立的公司，稱為美國和哥倫比亞特區的公司政府。

這個叛國行為使哥倫比亞特區可以在美國原始憲法之外和美國公民的最大利益之外作為一間公司營運。總統是美國公司的首席執行官，與任何其他首席執行官一樣運作——由董事會（內閣官員）和經理（參議員/國會）管理。奧巴馬和他之前的其他人一樣，是美國總統，作為深層政府的傀儡通過皇家國際事務研究所接受倫敦金融城的命令——開始秘密運作1871年哥倫比亞特區法案。美國是一個皇家殖民地，仔細研究英國和美國之間簽署的條約／憲章會發現一個秘密。美國一直是並且仍然是英國的皇家殖民地。詹姆士一世國王不僅以將聖經翻譯成詹姆士國王版而聞名，而且還因為在1606年簽署了維珍尼亞州的第一份憲章，該憲章授予美國的英國祖先在美國

定居和殖民的許可。還保證未來的英格蘭國王/王后將對美國所有公民和殖民土地擁有主權，這些土地是通過種族滅絕的方式從美洲原住民手中竊取的。它的農業/基礎設施是由非洲人從他們的家鄉「偷走」的，被歸類為財產並降級為非人類地位。

在美國宣佈從英國獨立後，簽署了1783年條約，該條約將英格蘭國王確定為美國主子，這與美國贏得獨立戰爭的前提完全矛盾，儘管喬治三世國王放棄了對美國殖民地的大部分主張，但他保留了繼續為他的殖民美國的商業冒險收取報酬的權利。如果美國真的贏得了獨立戰爭，他們永遠不會同意向英格蘭國王償還債務和賠款。美國對英國的血淋淋的獨立戰爭使美國破產，使其公民成為國王的永久債務奴隸。在1812年的戰爭中，英國人將白宮和政府大樓燒毀，破壞了美國憲法的批准記錄。大多數美國公民被愚弄認為美國是一個國家，而總統是地球上最有權勢的人。

美國不是一個國家，它是一間公司(殖民地)，而總統是「美國公司」的總裁。他和他的官員(內閣官員)和民選官員(國會)一起為公司工作，而不是為美國人民工作。既然美國是一家公司，那麼誰擁有美國這間公司呢？就像加拿大/澳大利亞的領導人是女王的總理，他們的土地被稱為皇冠土地，美國祇是另一個皇冠殖民地。

來自維基百科：美國聯邦政府所有三個分支機構的中心都在該區，包括：國會、總統、最高法院。華盛頓擁有許多國家紀念碑和博物館，主要位於國家廣場上或周圍地區。

該市擁有176個外國大使館以及許多國際組織、工會、非營利組織、遊說團體和專業協會的總部。自1973年以來，由當地選舉產生的市長和13名成員組成的委員會管理該區；但是，國會對該市擁有最高權力，並可能推翻當地法律。該區有一名無投票權的一般國會代表，但沒有參議員。1961年批准的美國憲法第二十三條修正案在總統選舉中授予選區三張選舉人票。

國會通過了1871年的《組織法》，廢除了華盛頓和喬治敦市的個人章程，並為整個哥倫比亞特區創建了一個新的領土政府。格蘭特總統於1873年任命亞歷山大·羅比·謝潑德(Alexander Robey Shepherd)為州長。謝潑德授權進行大規模項目，極大地實現了華盛頓的現代化，但最終使區政府破產。1874年，國會用任命的三人委員會取代了領土政府。

國家債務奴隸

美聯儲和美國政府一樣都不屬於人民，深層政府另一種控制手段是通過世界中央銀行。與普遍的看法相反，美聯儲(FED)不是美國政府的一部分。它是一家私營企業，英格蘭銀行以及包括世界銀行在內的所有中央銀行也是如此。有趣的是所有這些私人中央銀行基本上都歸於同一群人所有！他們擁有的是對金錢的壟斷。所有的錢都是貸款。中央銀行印鈔票，然後按利息借給政府。這就是為什麼美國的國債都呈指數增長的原因。這是因為償還貸款所需的錢來自中央銀行⋯⋯貸款！現在美國的國債如此之大，以至於每個出生在美國的人都會自動負債超過70,000。這種控制方式是讓殖民地的每個

公民都願意成爲帝國的債務奴隸。

美國聯邦儲備局不是美國政府的一部分,而是一家私營企業。

　　曾經有個傳聞,美國製造的經濟危機將被用作推動北美聯盟和使用一種名爲 Amero 的單一北美貨幣的理由。美聯儲正式主席艾倫格林斯潘在2007年9月18日在 PBS 新聞一小時播出的吉姆萊勒採訪中說,基本上美聯儲凌駕於法律之上,任何政府機構都不能推翻他們的行動:吉姆‧萊勒(Jim Lehrer)(美國記者、小說家、編劇和劇作家。萊勒是 PBS NewsHour 的執行編輯和新聞主播,並以在美國總統競選期間擔任辯論主持人而聞名,在1988年至2012年期間主持了12場總統辯論):「什麼是正確的關係,美聯儲主席和美國總統之間的正確關係應該是什麼?」艾倫‧格林斯潘:「嗯,首先美聯儲是一個獨立機構,這基本上意味著沒有其他政府機構可以否決我們採取的行動。只要這已經到位,並且沒有證據表明政府或國會或其他任

何人要求我們做我們認爲合適的事情之外的事情，那麼坦率地說，這種關係是什麼並不重要。」

塞西爾·羅德斯(Cecil Rhodes)的財富來自南非的鑽石礦。數以百萬計的美元被擔保並投入到他的遺囑中，用於資助秘密社團的創建，以促進盎格魯-撒克遜人在新世界秩序中的統治，並通過創建最終爲英國奪回美國的中央銀行的控制權。

1913年，羅富齊家族的代理人保羅·沃伯格和骷髏會(Skull & Bones)的幾名成員在美國建立聯邦儲備中央銀行系統方面發揮了重要作用。湯瑪斯·傑佛遜(Andrew Jackson)總統曾表示，中央銀行家是毒蛇和小偷的巢穴，他打算在更早的時候將他們趕出美國。他還表示，如果美國人民了解我們銀行體系的等級不公，那麼早上就會發生一場革命。

托馬斯·杰斐遜(Thomas Jefferson)總統說，「如果美國人民允許私人銀行控制他們的貨幣發行，首先是通過通貨膨脹，然後是通貨緊縮，銀行和圍繞他們成長的公司將剝奪人民的所有財產，直到他們的孩子醒來無家可歸。他們的祖先征服的大陸。」

長期以來，黃金的價值一直都是偏向穩定。在以往在大宗交易中，由於黃金重量大，搶劫頻繁，攜帶黃金很麻煩，所以銀行家出於好心，允許人們將他們的金銀存放起來，而銀行會頒發金或銀證書，一張和黃金一樣好的紙。賬單上寫著：「以黃金或白銀向持票

人付款」。因此在銀行家開始發行這些紙幣後，他們發現人們使用黃金的次數並不多，並很少會回來取走它，而且他們可以發行和借出的紙幣比他們擁有的黃金還多。這是通貨膨脹的真正來源。不久之後，他們用毫無價值的美聯儲票據取代了黃金和白銀證書。沒有真實的黃金白銀，美國基本上已經破產了。

美聯儲是一家私人公司。當美聯儲紙幣印製時，它們被借給美國財政部或人民。(聯儲局每年都會根據需求預測下達印刷貨幣的指令給財政部和印刷局，而成本則由聯儲局支付。據2020年聯儲局數據，其印鈔成本最高的是100美元，達到19.6美分，而製作1美元及2美元的成本為7.7美分)，並以面值加上8.5%的複息利率借給美國政府。利息每年由IRS(回購人)收取，該公司也是一家由美聯儲控制的私人公司。到目前為止，聯邦赤字為31萬億美元，利息接近天文數字，每年以所得稅的形式從經濟中流失。1933年，「聯邦儲備票據」一詞首次出現在的紙幣上。

有史以來最大的騙局

我們所理解的常識是如果你向某人借錢並且你必須支付利息，那麼錢從哪裡來支付利息？如果你必須再用這些金錢轉借給其他人，那麼就會產生更多的利息。在這種情況下，最後根本沒有出路，因為債務只會越來越多。其實解決的辦法曾經出現過。大家可能不知道硬幣是由美國財政部鑄造的，它們的面值作為貨幣是物有所值的。協議中有一項條款為我們提供了回購發行我們自己貨幣的權利的選擇權。解決國債問題的方法是鑄造4萬億美元的硬幣，並用它

來償還美聯儲。1963年甘迺迪總統通過了一項行政命令，要求印製4500億美元的美國支持的無債務貨幣。不久之後他被暗殺，繼任者林登‧詹森(Lyndon Johnson)上任後，他做的第一件事就是暫停這個行政命令和印製新的鈔票。1963年的2美元鈔票頂部寫著「美國鈔票」而不是「美聯儲鈔票」。如果甘迺迪依然在生，美國國債絕對不會是個天文數字。這個故事的寓意是，人們被有史以來最大的「花招」騙局騙了。這種欺騙有一個深層政府的術語，他們稱之為「蒙混過關」。美國國民是綿羊(Sheeple)，他們已經把羊毛拉到我們的眼睛上。

這可能看起來是一個大陰謀，你可能認為在政府工作的每個人都知道發生了什麼事，或者你可能會說不可能每個人都在如此大的範圍內如此秘密地工作，但事實是政府並非如此每個人都知道一切。體制內的人，有的只知道一點點，有的人根本不知道，有的人只是跟著錢走，大多數擁有高學歷的人都有一個見解就是不相信陰謀論，但是他們不知道已經不自覺地成為陰謀論下的運作棋子。

像洛克菲勒和摩根大通這樣的大牌家族，即使在他們那個時代，也不是美國的主要金融大國。他們是高薪員工、前線人員和發言人。亨利‧福特從福特基金會辭職，理由是無法保持對事務的控制。洛克菲勒基金會通過教科書出版與美國醫學協會和公共教育系統聯繫並對許多事情加以控制。

洛克菲勒家族是在哈里曼家族、惠特尼家族(Eli Whitney's family)和紐約標準石油公司(現爲埃克森美孚)的幫助下起步的。即使在今天,他們也有很大的影響力。這個國家的所有開國元勳以及幾乎所有的總統都是共濟會成員。如果不是一個非常特殊的關係,就不可能建立早期的美國殖民地以及美國革命。

　　一場美國法西斯政變,在英國反對第二次世界大戰的秘密行動中,來自英美富豪,權貴,甚至高層政府官員的勢力,被稱爲「克里維登集團」(Cliveden Set);Cliveden 是阿斯特勳爵家的英國莊園的名字,這個最接近英國權力核心的上流人士,卻是支持納粹德國的組織,我有另一篇文章介紹這段鮮爲人知的英國歷史。這個組織也將有助於解釋美國歷史上最神秘的事件之一;據報導在美國軍團和武裝部隊的協助下,企圖在美國建立一個「法西斯」獨裁政權。

《The Cliveden Set: Portrait of an Exclusive Fraternity》描述,克里維登集團被認爲是一個試圖操縱甚至決定外交政策的陰謀集團。

1931年11月21日，《紐約時報》在頭版進行了簡短的報導。美國政府成立了一個國會委員會來調查這些指控；但隨後所有關於該情節的消息都從媒體上消失了。參與的人包括美國軍團的一些主要人物和另一個被稱爲自由聯盟的組織，它們似乎共同承諾提供500,000人的部隊。此次行動的領導權交給了少將斯梅德利·D·巴特勒(Smedley D.Butler)，他是美國海軍陸戰隊少將(當時陸戰隊的最高軍階)。逝世時是美國海軍陸戰隊歷史上最有名望的人，但沒有眞正的證據表明他曾同意與策劃者一起行動。

值得注意的是，被認定爲幕後罪魁禍首的完全是金融大鱷和企業的掌權者，他們都以某種方式與摩根大通聯繫在一起：

GM-P Murphy & Co Inc、由杜邦控制的雷鳴燈武器公司(Remington Arms)、摩根與哈里曼的Harriman Financial。因此以摩根爲首的金融家和實業家發現自己在華爾街的勢力進一步控制美國，他們很想像國際金融家一樣控制意大利和德國，所以金融勢力20世紀初就開始暗地裡用不同的手段控制政府，進一步控制全美國。由於不同國家金融力量的競爭導致了19世紀對殖民地的爭奪，因此20世紀在全球範圍內鞏固金融力量需要結束所有殖民帝國並用無數新國家取而代之西方舊有的帝國，這些新的歐洲獨立國家對其舊勢力的影響甚微或根本已經沒有影響。因此這個新的歐洲板圖直到1939年從金融勢力建立的隱形新帝國，雖然仍處於建立過程中，二戰納粹德國對這個世界的變化和衝突以更快的速度進行中，這個秘密的金融帝國成爲了二戰中唯一眞正的勝利者。我們嘗試探

討西方金融集團如果成爲日後的邪惡核心，讓我們從審視金錢世界發生的巨大變化開始。19世紀末隨著經濟開始戰勝政治，金錢開始在人類事務中獲得新的角色和意義。這兩者需要明確區分爲精英領導層的價值、動力和控制的來源。政治被經濟力量改變，中產階級的興起，形成低下階層在社區中更需要長期和短期福利等社會功能，其中經濟在城市推動雖然是很重要，但是單靠政府支持只是次要，因爲金融力量變得越來越重要，民衆階級的上升已經不能靠個人力量，儲蓄、信貸等金融力量漸漸改變社會對銀行的依靠。

政治與高級金融的關係

從這時開始經濟思想，成爲政治思想的其中一個部分，只關心經濟繁榮和進步的要求。它自動假定任何對企業有利的事情對整個社區都有好處，這種心態幾乎排除了所有其他考慮因素，而今天，金融對人類的損害可以被證明是所有政府的首要決策的考慮因素。因此 19 世紀所發生的國家衝突並不是突然發生的。相反它應該被視爲一個改變的關鍵階段，它在上個世紀大部分時間經過緩慢但持續的過程，其中的戰爭和地區衝突不單是權力擴張，背後有更大的利益。英布爾戰爭，這場戰爭就是鮮爲人知發生在非洲南部的布爾地區戰爭。不僅標誌著大英帝國沒落的開始，也標誌著整個西方世界國家金融主權終結的開始，這一進程將在1930年代達到頂峰，當時「偉大的」以摩根大通爲首的美國富豪家族終於被擠出了在華爾街的主導地位。

在政治與高級金融的關係上，一直存在著一個非常複雜的事

態，直到二戰爆發前不久，簡述如下：西方世界家族或國家的民族國家內部已經存在了幾個世紀。銀行家的朝代，如羅富齊家族、沃伯格家族(Warburgs)、蒙蒂菲奧雷家族(Montefiores)等，他們向政府提供貸款並專門從事跨國界交易，但這些從未完全整合為能夠在國際範圍內控制政治的系統。這些高級金融的家族雖然具有影響力，但缺乏完全控制民族國家政治的權力，但仍然是面向國家的金融權力的重要組成部分。

在20世紀之交之前的普遍情況下，這種情況非常適合他們。他們能夠在國內和國際上施加巨大的影響力，但與他們後來獲得的幾乎無所不能的權力完全不同。矛盾的是，儘管猶太銀行王朝在國際貿易中獲得了巨大的領先優勢，但最初擁有所有權力和獲得新財富「聚寶盆」的是「異族」金融家，加上他們對國家政治的控制，首先建立了高於國家的系統，在完全國際化的基礎上進行融資。

卡羅爾·奎格利(Carroll Quigley)博士：「該銀行系統的頂點是位於瑞士巴塞爾的國際清算銀行，這是一家由世界中央銀行擁有和控制的私人銀行，而這些中央銀行本身就是私人公司。每個中央銀行都在像蒙塔古·諾曼這樣的人的手中。英格蘭銀行、紐約聯邦儲備銀行的本傑明·斯特朗、法國銀行的查爾斯·里斯特和帝國銀行的哈爾馬·沙赫特試圖通過控制國債、操縱外匯、影響該國的經濟活動水平，並通過隨後在商業世界中的經濟回報來影響合作政客。」

奎格利進一步解釋說，羅富齊家族在19世紀的大部分時間都是

進行這種交易，但在那個世紀末，「他們被摩根大通所取代」，其總部設在紐約，儘管它的運作就像在倫敦一樣，「它確實起源於1838年的喬治皮博迪公司。」 直到1930年代各個國家的金融權力進行集中，金融權力超越國家權力，最終被吸收到全球體系的過程才完成。這場金錢的「政變」是主要動力，它產生了德國第三帝國的崛起，第二次世界大戰的爆發，隨後美國和日本的介入，以及其後的世界局面。

奎格利教授提供了許多關於金融權力重心最終轉移的事實，他的故事以這些不祥的話開始：「資本主義的第三階段在 20 世紀的歷史上具有如此壓倒性的意義，它的影響是如此隱秘，甚至是神秘的，因為根本沒有力量可以將它們的真相告知給大眾，人們對它的組織和方法根本完全不知道，華爾街風暴只有民眾失去大量金錢和資產，華爾街巨頭根本不受影響。」

這個「故事」是由大量有據可查的事實彙編而成，是美國從第一次世界大戰前開始的變化過程之一，威爾默特・羅伯遜（Wilmot Robertson）後來將其描述為「剝奪美國的多數」，最終導致奎格利所說的「各個層面的轉變，從報紙連環畫的口味變化……到『美國當權派』權力關係的深刻變化」自1880年代以來，美國一直由美國「血統」家族財富支持的富豪在幕後統治；洛克菲勒、卡內基、范德比爾特、梅隆、杜克、惠特尼、福特、杜邦等，以摩根大通為銀行中心的權力核心。奎格利將這個核心描述為「高等的聖公會、親英派、國際主義者、常春藤聯盟和歐洲文化意識」，並與大西洋彼岸的類似機

構相匹配，蒙塔古‧諾曼(Montagu Norman)為其銀行負責人。

兩者密切合作，後來被稱為「英美機構」。奎格利記錄了，「摩根大通本身的衰落，從其作為合夥企業(成立於1864年)到1940年轉變為註冊上市公司，再到1959年被其主要銀行子公司 Morgan Guaranty Trust 吸收而最終消失」。「華爾街的控制權的轉變不太明顯，但此影響是摩根集團意識到它不再擁有哥倫比亞大學董事會提名退休總統尼古拉斯‧默里‧巴特勒博士繼任者的投票權。」美國高等教育的控制權已經悄悄地從美國「東部權勢集團」手中奪走了，正如上面一段中奎格利所描述的那樣，這表明他們不是猶太人，因為華爾街隨後落入了國際金融家喜歡的棋子。議會政治領域的戰鬥已經通過仍然是西方世界標準的方法進行戰鬥並取得了勝利；其中包括資助政黨政治，通過報紙、廣播、電影、圖書出版等媒介操縱輿論，以及對工會運動的滲透、資助和操縱。

接管全世界的預演社會行動

這是一個接管全世界的預演社會行動，美國新興的秘密統治者可以利用幾個世紀以來積累的專業知識和經驗，成為控制權力的國家。美國大家族權力的衰落首先以稅法的形式出現，從1913年的累進所得稅開始，到繼承稅的高潮，這將所有權貴的家族財富都推向了免稅基金會的避難所。摩根和他的圈子失去了對聯邦政府的控制，因為一個「金錢和智力聯盟」被另一個金融勢力巧妙地取代。金錢和智力的結合，無論誰控制它，使得這種變化更加難以察覺。摩根集團涉足激進左翼政治，並在布爾什維克革命後不失時機地試圖

在俄羅斯站穩腳跟。但在這場比賽中，他們無法與猶太對手相提並論。「新世界秩序」的理想和野心可能助長了競爭對手的華爾街精英，但兩者相似之處就此結束。結果這班美國貴族力量和猶太人勢力結合，而進一步形成現在的牢牢堅固的深層勢力。與英國一樣，最初的美國建立是為了遏制蘇聯及其社會主義統治者，希望最終將俄羅斯帝國併入一個在大英帝國的基礎上建立起來的新世界秩序。但是隨著大英帝國的沒落，金融勢力將蘇聯建設成一個工業和軍事巨人，舊有沙俄帝國徹底被放棄，甚至利用蘇聯嘗試取代大英帝國，成為新世界秩序的基礎。所以第一次大戰將大部分歐洲舊帝國完全瓦解，隨著史太林的失控，大英帝國與金融帝國的結合，英，美和梵蒂岡的融合，金融資本主義和強權政治領域的這些發展在1930年代末達到高潮，恰逢西方世界大規模爆發一種被誤導為「反猶太主義」的社會現象。Ivor Benson 在他的著作《這個衝突時代》中引用了 Hannah Arendt 教授的話，他寫道：「20世紀的政治發展將猶太人推入事件的風暴中心……猶太人問題和反猶太主義……首先成為納粹運動興起和建立納粹組織結構的催化劑。第三帝國，然後是一場空前兇猛的世界大戰。」

多年來，亨利·福特（Henry Ford）一直嚴厲批評大銀行家是私營企業的天敵，他很快就明確區分了被他描述為「建設性」的摩根家族與其競爭對手。他將其描述為「戰爭販子」。摩根本人和他在倫敦的對手蒙塔古·諾曼（Montagu Norman）一樣，眾所周知不喜歡猶太人。美國冒險家查爾斯·奧古斯都·林白（Charles Lindbergh）為使美國遠離戰爭的瘋狂努力，以及奧斯瓦爾德·莫斯利（Oswald

Mosley)和他的黑衫軍在英國的活動,很多人都對猶太人在「20世紀政治的風暴中心」十分明白,一些人想遠離,一些人想參與。大家先要明白的事情是猶太人是有三個種類,三者是因宗教和歷史原因,互相仇視和不承認對方,甚至要滅絕對方。這個原因就可以解釋納粹德國爲何要清除歐洲的猶太人,而保留在德國的猶太銀行家;以及英、美國銀行家爲何支持德國納粹黨。

1.真正的托拉(Torah)(塞帕迪奇Sephardic)猶太人:他們是先知雅各布 - 以色列(雅各布派或以色列人)的後代(大約佔5% - 10%的猶太人)

2.可薩猶太人(Khazarian),或阿什肯納齊猶太人(Ashkenazi):他們是在公元後7世紀移居俄羅斯地區的偶像崇拜的突厥部落的後裔,其貴族在公元後8世紀皈依猶太教,其後因戰亂而逃亡德國境內,所以又自稱爲德裔猶太人,現在主要居住在歐洲。(大約佔90%-95%的猶太人)。

3.猶太復國主義猶太人(錫安主義):這些人可能來自上述兩種人,他們出於政治原因假裝是猶太人,但實際上他們就是羅森塔爾在採訪中承認的光明主義者(光明會)、崇拜路西法的撒旦主義者。他們由新法利賽人(異教祭司,銀行家)所領導。他們想建立一個從尼羅河到幼發拉底河的猶太復國主義的國家,從這裡開始,他們計劃統治全球。由羅斯柴爾德銀行行長資助的新以色列最高法院充滿了共濟會的符號象徵,就像位於瑞士巴塞爾的B.I.S.國際清

算銀行一樣，該銀行是所有私有中央銀行之母。

　　一個很少知道的事實，世界上猶太人的數量大約只有1600萬人，佔世界總人口的0.3%，但自諾貝爾獎設立以來，22%的得獎人都是猶太人，這個比例是其他民族的100倍。在全世界最有錢的企業家中，猶太人佔近一半，高盛、所羅門兄弟等著名金融公司都是猶太人創建的。美國華爾街的精英中有50%是猶太人。美國一大批家喻戶曉的精英和富豪都是出自猶太家庭。所有這些高度集中的猶太金融力量控制美國，從而控制全世界。

全球最秘密的金錢壟斷

如果大家想知道世界經濟是如何被深層政府／跨國財團所壟斷，民眾是如何被完全虛假／選擇發放的的訊息所控制，我們先看看一對長達半世紀的競爭對手的故事。

　　我在網上看過一位博客所寫的文章，她發現世界上最大的公司的股票由相同的機構投資者擁有。其中兩間企業可口可樂和百事可樂都擁有同樣的投資者和股事。這意味著可口可樂和百事可樂等「競爭」品牌根本不是真正的競爭對手，因為它們的股票由完全相同的投資公司、投資基金、保險公司、銀行以及在某些情況下由政府擁有。

　　這是所有行業的情況。正如她所說：「股票市場中較小的投資者購買的股票，它的公司股份都由較大的投資者擁有。而這些大型的企業公司背後由更大的投資者所擁有。這個金字塔的可見頂部只顯示了我們經常看到的兩家公司的名字。他們是先鋒基金(Vanguard)和貝萊德(BlackRock)。這兩家公司的實力超乎你的想像。他們不僅擁有幾乎所有大公司的大部分股票，還擁有這些公司投資者的股票。這使他們完全壟斷。彭博社的一份報告指出，這兩家公司在2028年的投資總額將達到20萬億美元。這意味著他們將擁有幾乎世

131

界所有東西。」

布隆伯格(Bloomberg)曾稱貝萊德是美國「第四個權力機構」，因爲它是唯一能夠與中央銀行密切合作的私人機構。貝萊德(Black-Rock)向中央銀行借錢，但它也是中央銀行和美國政府的顧問。許多貝萊德員工與布殊和奧巴馬一起在白宮。其首席執行官拉里·芬克(Larry Fink)可以得到領導人和政界人士的熱烈歡迎。我沒有感到特別奇怪，因爲大家都知道他是足以影響全球經濟的超企業的負責人，但拉里芬克只是公司決策人。貝萊德本身都是一間上市公司也歸股東所有。那些股東是誰？我們得出了一個奇怪的結論。原來最大的股東就是先鋒基金，整件事情就變得模糊了。

先鋒基金(Vanguard)是一家私人公司，我們看不到股東是誰。擁有 Vanguard 的精英們顯然不喜歡在閃光燈下現身，但他們當然無法躲避被其他人挖掘的眞相。那些股東是誰？樂施會和彭博社在2017年的調查報告稱，世界上1%的人加起來比其他99%的人擁有更多的錢。更糟糕的是，樂施會表示，2017年所有收入的82%都用於這1%。最著名的商業雜誌《福布斯》稱，2020年3月，全球有2095位億萬富翁。這意味著先鋒基金歸世界上最富有的家族所有。如果我們研究他們的歷史，我們會發現他們一直是世界最富有的。其中一些甚至在工業革命開始之前，甚至擁有皇室成員的家族是銀行系統和世界上每個行業的創始人，這些家族從未失去權力，但由於人口不斷增加，他們不得不躲在像先鋒基金這樣的公司後面，這些公司的股東是這些家族的私人基金和非營利組織。

非營利組織和基金會與權貴的關係

要看清非營利組織和基金會與這班權貴的關係，我必須簡要解釋一下非營利組織實際上是什麼。這些組織似乎負責公司、政治和媒體之間的聯繫。這有點掩蓋了利益衝突。非營利組織，其中有一種形式稱爲「基金會」，依賴於捐贈，他們不必透露捐贈者是誰，只要將利潤再次投資於新項目，就可以以他們認爲合適的方式投資，並且不納稅。這樣，根據澳大利亞政府的說法，非營利組織之間可以保持數千億美元，非營利組織是資助恐怖分子和大規模洗錢的理想方式。最富有的家庭的基金會和資金盡可能地隱藏在大眾視線的背後。對於比較受關注的，則級別較低但非常富有的慈善家基金會。

在美國，連接世界上所有行業的三個最重要的基金會，分別是比爾和梅琳達蓋茨基金會，有爭議的億萬富翁索羅斯的開放社會基金會和克林頓基金會。究竟它們的背後所控制的企業有多少？我會告訴讀者一個答案，向你們展示他們所控制的是甚麼。根據世界經濟論壇（WEF）的網站，蓋茨基金會是世界衛生組織的最大贊助商。在唐納‧德特朗普於2020年退出美國對世衛組織的財政資助後，蓋茨基金會是與全球健康有關的所有領域中最有影響力的實體之一。蓋茨基金會與最大的製藥公司密切合作，其中包括：輝瑞、阿斯利康、強生，拜耳和其他疫苗，製藥和生物科技公司……我們剛剛看到了他們最大的股東是誰吧！

比爾‧蓋茨不是一個貧窮的電腦書呆子，卻奇蹟般地變得非常

蓋茨基金會是世界衛生組織的最大贊助商。

富有。他來自一個爲絕對精英工作的慈善家家庭。他的微軟歸先鋒基金、貝萊德和巴郡‧哈薩威（Berkshire Hathaway）所有。但蓋茨基金會是繼貝萊德和先鋒之後巴郡‧哈薩威的最大股東。他甚至是那裡的董事會成員。如果我們想揭開蓋茨、索羅斯開放社會基金會和克林頓基金會所涉及的一切，眞是可以獨立成書。

樂施會和彭博社的報告稱，世界上1%的人加起來比其99%的人擁有更多的錢……更糟糕的是，樂施會表示，2017年所有收入的82%都用於這1%的權貴所擁有的企業。換言之，這兩家投資公司——先鋒基金和貝萊德壟斷了世界所有行業，而它們又被世界上最富有的家族所擁有，其中一些是皇室成員，在工業革命時已經累積財富。爲什麼不是每個人都知道這個？爲什麼沒有這方面的電影和紀錄片？爲什麼沒有出現在新聞中？因90%的國際媒體都歸九家媒體集團所有。誰資助了我們的新聞組織和機構？通過 Project Syndicate，我們看到了比爾和梅琳達‧蓋茨基金會、開放社會基金會和歐洲新聞中心。帶來新聞的組織得到非營利組織的報酬，這些組織屬於同樣擁有整個媒體的精英，但也有一部分納稅人的錢被用來支付給他們。

世界上 1% 的人加起來比其他 99% 的人擁有更多的錢。

　　要更深入了解主流媒體，我們便需要了解下一個話題。很多拍攝視頻的 KOL 都明白全世界行業已被壟斷了，從言論，利潤都已被大數據所控制。所以問題是，為什麼媒體從來沒有談論過這個壟斷的問題？我們好像可以每天在各種紀錄片和電視節目之間進行選擇，但從來沒有出現言論被控制的話題。是不夠有趣還是有其他因素在起作用？維基百科，再次給了我們答案。他們說，大約90%的國際媒體由九家媒體集團擁有。無論是壟斷企業 Netflix 和亞馬遜 Prime 還是擁有許多子公司的巨大企業，如時代華納、和路迪士尼公司、康卡斯特（Comcast）、福克斯公司、貝塔斯曼和維亞康

姆（Bertelsmann SE & Co. KGaA）、哥倫比亞廣播公司，我們看到相同的名字擁有股票。這些公司不僅製作所有的節目、電影和紀錄片，而且還擁有播放這些內容的頻道。所以，不僅是行業，信息和數據也是精英所擁有。

新聞的眞僞，留意是否假新聞，我們當然會查看新聞的來源，這些媒體的每日發佈新聞，全球不同的新聞媒體其實都慣性使用來自這些新聞機構、例如法新社（L'AgenceFrance-Presse）、美聯社（The Associated Press）和路透社（Reuters）的信息和照片。這些機構不是獨立的。湯森路透由強大的加拿大湯姆森家族所有。爲他們工作的記者和編輯是新聞機構的成員，例如歐洲新聞中心。它們是歐洲最大的媒體相關項目贊助商之一。他們教育記者，出版學習書籍，提供培訓空間和新聞機構，並與全球大公司、谷歌和Facebook密切合作。

對於新聞分析和觀點，大媒體使用「辛迪加計劃」（Project Syndicate）。這是該領域最強大的組織。Project Syndicate 是一家國際媒體組織，發佈和聯合發表關於各種全球主題的評論和分析。所有意見文章都發佈在 Project Syndicate 網站上，但也會分發到廣泛的合作夥伴出版物網絡以供印刷。截至2019年，它在156個國家/地區擁有506家媒體網絡。Project Syndicate 是一個非營利組織，主要依靠發達國家報紙的捐款（約佔其會員人數的60%），使其能夠以優惠價格或免費向各國報紙提供服務，如不容易獲得的新聞資源。

我提到的辛迪加計劃和新聞機構在一起。當新聞主播從他們的自動提示(提詞器)中讀取新聞時，所有全球媒體之間就出現聯繫，這就是全球媒體在報導中表現出同步性的原因。看看歐洲新聞中心本身，再次同蓋茨基金會和開放社會基金會拉上關係。他們還得到了面書、谷歌、教育和科學部以及外交部的大力贊助。

誰贊助新聞機構

誰贊助製作新聞機構？Project Syndicate 獲得喬治·索羅斯的開放社會基金會、丹麥的 Politiken 基金會、Die Zeit、ZEIT-Stiftung 以及比爾和梅琳達·蓋茨基金會的資助。新聞機構得到非營利組織的報酬，這些組織屬於同樣擁有整個媒體的精英，但也有一部分納稅人的錢被用來支付給他們。

我們現在面臨的危險

好吧，這有很多值得細細琢磨的東西，我試圖讓它盡可能短。我只使用了我認為創建清晰概述所必需的示例。這有助於更好地了解我們目前的情況，這可以為過去的事件提供新的線索

有足夠的時間深入了解過去，但現在讓我們談談今天，但我的目標是告訴你，我們現在所處的危險。精英統治著我們生活的方方面面，也控制著我們獲得的信息，他們依靠協調、合作來連接世界上所有的行業，為他們的利益服務。這是通過世界經濟論壇等一個非常重要的組織來完成的。

每年在達沃斯，各個大企業的首席執行官都會會見國家領導人、政治家和其他有影響力的政黨，如聯合國兒童基金會和綠色和平組織。

我們從世界經濟論壇的基金董事會成員的名單中，我們便明白這羣精英，他們的權力和財富真是足以控制全球。

彼得·布拉貝克-勒馬特(Peter Brabeck-Letmathe)
(世界經濟論壇董事會副主席，雀巢集團前董事長兼首席執行官)

托馬斯·布伯爾(Thomas Buberl)
(AXA 安盛保險集團首席執行官)

拉里·芬克(Laurence D. Fink)
(貝萊德董事長兼首席執行官)

方慧蘭(Chrystia Freeland)
(加拿大副總理兼財政部長)

克里斯塔利娜·格奧爾基耶娃(Kristalina Georgieva)
(國際貨幣基金組織總裁)

法比奧拉·吉亞諾提(Fabiola Gianotti)
(歐洲核研究組織總幹事 (CERN))

阿爾・戈爾（Al Gore）（美國前副總統）；
Generation Investment Management LLP 董事長兼聯合創始人

喬・凱瑟爾（Joe Kaeser）
（西門子能源監事會主席）

姬絲汀・拉加德（Christine Lagarde）
（歐洲中央銀行行長）

帕特里斯・墨三比（Patrice Motsepe）
（非洲足球協會總裁，非洲彩虹礦產 African Rainbow Minerals
創始人兼執行主席）

恩戈齊・奧孔約-伊儷拉（Ngozi Okonjo-Iweala）
（世界貿易組織（WTO）總幹事）

大衛・魯賓斯坦（David M. Rubenstein）
（凱雷集團 Carlyle 創始人兼主席）

馬克・施奈德（Mark Schneider）
（雀巢集團首席執行官）

克勞斯・史瓦布（Klaus Schwab）
（世界經濟論壇創始人兼執行主席）

尙達曼(Tharman Shanmugaratnam)
(新加坡國務資政)

菲克‧希貝斯瑪(Feike Sybesma)
(飛利浦 Royal Philips 監事會主席)

維基百科說會員的年費是35000歐元,「但我們一半以上的預算來自合作夥伴,他們爲原本無法負擔會員資格的政客支付費用。」批評人士認爲,世界經濟論壇是讓富有的企業與其他企業或政客做生意。對於大多數成員來說,世界經濟論壇是維護他們個人利益,而不是作爲解決世界問題的手段。如果從1971年起,行業領袖、銀行家和政治家每年都聚集在一起解決世界問題,爲什麼依然會有這麼多世界問題?環保主義者與污染最嚴重的公司的CEO會面50年之後,大自然變得越來越糟,而不是更好,這難道不是不合邏輯的嗎?」很明顯這些批評者是對的,當我們看到加起來佔世界經濟論壇預算一半以上的主要合作夥伴時,這一點很明顯。因爲這些是貝萊德、開放社會基金會、比爾和梅琳達蓋茨基金會以及許多大公司,先鋒基金和貝萊德擁有這些公司的股票。

世界經濟論壇的主席和創始人是瑞士教授和商人克勞斯‧施瓦布。在他的《大重構》一書中,他寫到了他的組織的計劃。在他看來,新冠病毒是重置我們社會的絕佳「機會」。他稱之爲「重建得更好」。這個口號現在掛在全世界所有全球主義政治家的嘴邊。施瓦布說,我們的舊社會必須轉向新社會。人民會一無所有,只爲國家工

作以滿足他們的主要需求。世界經濟論壇表示，精英強加給我們的消費社會不再可持續。施瓦布在他的書中說，我們永遠不會回到舊常態，世界經濟論壇最近發佈了一段視頻，明確表示，到2030年，我們將一無所有，但我們會很快樂。

偉大的重構=新世界秩序

偉大的重構=新世界秩序，您可能聽說過新世界秩序，但媒體想讓我們相信這是一個陰謀論，但幾十年來領導人一直在談論它。不僅是老喬治布殊、比爾克林頓和納爾遜曼德拉，還有世界著名的慈善家，如塞西爾羅德、大衛洛克菲勒、亨利基辛格，甚至喬治索羅斯。聯合國在2015年提出了備受爭議的2030年議程。它幾乎與克勞斯施瓦布的大重置相同。與施瓦布一樣，聯合國希望確保到2030年，貧困、飢餓、污染和疾病不再困擾地球。

聽起來不錯，但等你讀到細節就知道。計劃是2030年議程將由我們公民支付。就像他們現在要求我們放棄我們的公共衛生權利一樣，他們會要求我們放棄我們的財富來對抗貧困。這些不是陰謀論。在他們官方網站上都有刊登他們的新聞文章。

歸結爲：聯合國希望西方國家的稅收由精英大公司分攤，以創建一個全新的社會。

世界需要新的基礎設施，因爲化石燃料將在2030年消失。對於這個項目，聯合國表示我們需要「一個世界政府」，卽聯合國本身。

聯合國同意施瓦布的觀點，即大流行是加速實施2030年議程的黃金機會。令人擔憂的是，世界經濟論壇和聯合國公開承認大流行和其他災難可以用來重塑社會。我們看到了大重構、2030年議程、新世界秩序的陰影。與施瓦布一樣，聯合國希望確保到2030年，貧困、飢餓、污染和疾病不再困擾地球……為了實現這一目標，聯合國希望西方國家的稅收由精英大公司分攤，以創建一個全新的社會。對於這個項目，聯合國說我們需要「一個世界政府」，也就是聯合國本身，很明顯，「大流行」是為了實現這一點而精心策劃的。少數幾家大公司主導著我們生活的方方面面。這可能看起來有些誇張，但從我們吃的早餐到我們睡覺的床墊，以及我們在這期間所穿和消費的一切，很大程度上都依賴於這些公司。這些是決定資金流向的大型投資公司。他們是我們正在目睹的劇本的主要人物。

化石燃料將在 2030 年消失？

它是如何在各行各業控制我們的生活？

食品工業：讓我們以百事可樂爲例。它是許多汽水公司和零食公司的母公司。所謂競爭品牌，是來自少數幾個壟斷整個行業的企業。在包裝食品行業，有幾家大公司，比如，聯合利華、可口可樂公司、億滋、雀巢…在雅虎財經等來源，我們可以看到詳細的公司信息，例如誰是最大的股東。讓我們再次以百事可樂爲例。我們看到大約72%的股票由不少於3,155名機構投資者擁有。這些是投資公司、投資基金、保險公司、銀行，在某些情況下還包括政府。

回到文章最初的問題誰是百事最大的機構投資者？最大的股票歸機構投資者所有。其中四家機構投資者：北方信託、摩根大通、Geode資本管理、惠靈頓管理。現在讓我們看三大股東。他們是，貝萊德、先鋒、道富集團。這些是世界上最大的投資公司，所以百事可樂和可口可樂根本不是競爭對手。其他擁有無數品牌的大公司，如聯合利華、億滋和雀巢，都來自同一班投資者。但他們的名字不僅出現在食品行業。

讓我們在最大的科技公司維基百科上找出答案。

我們每天都使用的社交媒體 Facebook，Instagram 與 Twitter，它們是最受歡迎的社交媒體平台。Alphabet 是所有谷歌公司的母公司，如 YouTube 和 Gmail，但它們也是 Android 的最大投資者，Android 是幾乎所有智能手機和平板電腦的兩個操作系統之

一。另一個操作系統是蘋果的IOS。如果我們加上微軟，我們會看到四家公司爲世界上幾乎所有的電腦、平板電腦和智能手機開發軟件。讓我們看看誰是這些公司的最大股東。以 Facebook 爲例：我們看到80%的股票由機構投資者持有。這些與食品工業中出現的名稱相同；相同的投資者位列前三名。

接下來是推特被馬斯克收購之前。它與 Facebook 和 Instagram 並列前三。令人驚訝的是，這家公司也掌握在相同的投資者手中。我們再次看到他們，與蘋果，甚至與他們最大的競爭對手微軟一起。此外，如果我們看看科技行業中開發和製造我們的電腦、電視、手機和家用電器的其他大公司，我們會看到同樣的大投資者，他們共同擁有大部分股票。對於所有行業都是如此。

最後一個例子，當我們在電腦或智能手機上預訂假期。以 Skyscanner 或 Expedia 上搜索飛往陽光明媚的國家的航班——兩者都來自同一小群投資者。我們乘坐衆多航空公司，其中許多都掌握在相同的投資者和政府手中，就像法航、荷航一樣。在大多數情況下，我們乘坐的飛機是波音或空中巴士，它們的名字也相同。我們通過 Booking.com 或 AirBnB 預訂，到達後我們出去吃晚飯並在 Tripadvisor 發表評論。同樣的大投資者出現在我們旅行的各個方面，他們的力量更大，因爲煤油來自他們的石油公司或煉油廠。製造飛機的鋼材來自他們的礦業公司。這一小群投資公司、基金和銀行也是該行業挖掘原材料的最大投資者。維基百科顯示，最大的礦業公司背後是我們隨處可見的大投資者。

貝萊德&先鋒基金

　　此外，整個食品工業所依賴的大型農業企業；他們擁有世界上最大的種子生產商孟山都的母公司拜耳，但他們也是大型紡織行業的股東。甚至許多用棉花製作服裝的流行時尚品牌也屬於同一投資者。無論我們看看世界上最大的太陽能電池板公司還是煉油廠，股票都在同一家公司手中。他們擁有生產所有流行煙草品牌的煙草公司，但他們也擁有所有大型製藥公司和生產藥物的科研機構。他們擁有生產我們金屬的公司以及整個汽車、飛機和武器行業，這些行業使用了大量的金屬和原材料。他們擁有製造我們電子產品的公司，他們擁有大型倉庫和在線市場，甚至擁有我們用來購買他們產品的支付方式。如果您從維基百科尋找其他大公司的資料時，您會發現大多數流行的保險公司、銀行、建築公司、電訊公司、餐廳連鎖店和化妝品都由我們剛剛看到的相同機構投資者擁有。

　　這些機構投資者主要是投資公司、銀行和保險公司。反過來，他們自己也被股東所有，最令人驚訝的是，他們擁有彼此的股票，他們共同組成了一個堪比金字塔的龐大網絡。較小的投資者歸較大的投資者所有。而這個金字塔的可見頂部只顯示了我們現在經常看到的兩家公司。他們是先鋒基金和貝萊德。

軍事金融機構複合體的操控手段

很多人理解深層政府的運作方式是有偏差的，他們認為有個無所不能的精英群體能夠迅速將自己的意志強硬地施加在政客身上，可以說有機會做到，但絕非是一個常態。由於這類不同利益群體的出現，將元老院以及舊貴族之間的矛盾，在大眾視線看不到的方式來進行秘密爭鬥，和美國實際上政壇的運作方式還是有很大的出入。

　　深層政府、影子政府和陰謀集團（Cabal）等術語通常用來指據稱控制或操縱政治、經濟或社會系統的團體，它們秘密且有影響力。然而，值得注意的是，這些術語經常在陰謀論中使用，並且缺乏明確的、普遍接受的定義。

　　深層國家：深層國家的概念通常指的是隱藏的或不負責任的個人網絡，通常位於政府官僚機構、情報機構或軍隊內，人們認為這些人對政策制定和決策過程發揮著重要的權力和影響力。深層國家理論的支持者認為，這個網絡獨立於民主進程運作，並且可以塑造結果來服務其自身利益。該理論的批評者認為它過於簡單化或是毫無根據的陰謀。

　　影子政府：影子政府是指在官方政府或民選機構之外運作的所

謂平行治理結構。據信，該組織由有影響力的個人組成，通常與情報機構、公司或強大的利益集團有聯繫。根據該理論，影子政府對政策制定有重大影響，可以破壞或影響官方政府的行動。與深層政府的概念一樣，人們對影子政府的現實和意義的看法也存在很大差異。

陰謀集團：陰謀集團(Cabal)一詞用於描述一個秘密的、強大的、通常是惡毒的組織，被認為可以控制或操縱世界事件。它經常與陰謀論聯繫在一起，這些陰謀論涉及一小群擁有巨大權力的個人，他們為了自己的利益而密謀影響全球事務。陰謀集團的成員經常被描繪成來自政治、金融或媒體等各個領域裡有影響力的人物。值得注意的是，陰謀集團的概念通常被視為陰謀論，並且缺乏可信的證據。

以懷疑態度和批判性思考來對待這些術語至關重要。儘管政治體系內可能存在腐敗、影響力或秘密活動的情況，但在評估有關秘密團體及其所謂對社會事務的控制的說法時，依賴可驗證的證據和可靠的來源非常重要。深層政府(Deep State)這個名詞如果在五年前主流傳媒或是政治評論專家肯定給你貼一個神經失常或是知識水平低的標籤，陰謀論這種非主流的論調你都會相信。不過從去屆美國選舉之後，深層政府、光明會成了各路博主增加流量和人氣的一個絕佳題材。因為這符合我們心目中對於電影最終反派的那種想像：一個深藏於黑暗的一小撮人，間接或是直接控制著全球秩序，然後我們作為吃花生群眾，經常會想像自己看破時局，洞悉充滿罪惡的精英權貴所

建立的世界秩序。這種類似 Reddit 或是其他社交媒體社群的話題現在已經成為一種潮流。那麼到底有沒有深層政府，當然是有的，全球所有國家都有不同的政治派系，應該說不同的政體都有派系鬥爭，哪怕是政教合一的穆斯林國家都有不同派系鬥爭，有人的地方就有江湖。

更黑暗，更龐大，更秘密

只是這個深層政府的運作當然比西西里或是芝加哥黑手黨來得更黑暗，更龐大，更秘密，深層政府不只是占士邦電影的邪惡組織，嚴格來講他們不只是跨國財團，而是軍事金融機構複合體(Military-Finance Complex)。你會發現美國不論是政府或是財閥，帶有「軍隊+華爾街金融機構」雙重經驗的人選會被任命為美國的核心官僚。例如2008年的 Henry Paulson，他哈佛畢業之後就踏入了五角大樓，之後就去了高盛投資集團(Goldman Sach)，這些都是公開資料可供查證，並非秘密。包括如今的拜登核心布林肯也做過在軍方、金融、企業三界中間建立橋梁關係的「戰略顧問」一職。

這種在軍方轉去金融大行、大型投資機構的這種生態被稱之為「旋轉門」(Revolving Door)，就是在公職和私人企業部門實現這種角色切換。比如說前美聯儲主席伯南克(Ben Benanke)如今是全球最大債券基金之一 PIMCO 的顧問。在這種政策框架中，情況就是如果你被任命為核心官僚，那麼你只要在任期間好好把工作做完，別出大問題，那麼退休的話就能夠寫書，演講或是在大量的公司做顧問，成立一個基金會，你就可以達到避稅，同時賺取財富，當然這部分

在法律上不算是貪污，畢竟也是依靠知識以及技能去提供自己的服務。而在這種框架之下，就存在一種利益集團通過退休的前核心官僚發聲，或是放話給現任核心幕僚並且通過形成壓力來推動甚至是改變立法的一個灰色地帶。而這個灰色地帶就是不同利益群體中的「顧問」，或另外一種說法就是「說客」。要成為這些說客(比如布林肯)本身也絕非易事，因為這行飯講究圈子，真游說或是能夠遞話給現任核心官僚的都是同一個精英圈子的人。我們所認識哈佛的骷髏會，就是要培養這種人，所以深層政府絕不是陰謀論，而是真真正正在全球控制核心的一小撮人。這種暗地裡控制或改變世界的精英，其實一直影響這個世界，類似布林肯的這類人都是出身精英世界，必然是哈佛高材生，本來就處於核心圈子，他們才可以做得這類買賣。他們當然有各類群體的利益需要照顧，比如說軍火商，華爾街金融機構，還有這些海外握著巨大現金流的頂級企業家或是投資人，甚至是科技巨頭。

所以現任的核心團隊也不得不去聽取這些人的聲音，所以才會出現類似的聽證會，讀者可以自行搜索觀看美國國會的聽證會，這個類似於英國的議會辯論，也就是說，深層政府就算要去干預現任政府執政，也無法做到像某些軍閥一樣直接通過槍桿子來控制。因此很多人理解深層政府的運作方式是有偏差的，他們認為有個無所不能的精英群體能夠迅速將自己的意志強硬地施加在政客身上，可以說有機會做到，但絕非是常態。由於這類不同利益群體的出現，將元老院以及舊貴族之間的矛盾就大眾視線看不到的方式來進行秘密爭鬥，和美國實際上政壇的運作方式還是有很大的出入，所以從

近代歷史中，屢見不同的組織出現，就是爲了瓜分全球利益，甚至試圖改變遊戲規則。在羅馬的體制裡，社會流動性並沒有那麼強，就是舊貴族的地位很可能在鬥爭中被清算。而資本家並非永恆，這部分利益群體之間還是會相互競爭。而由於美國本身就是多民族多元社會體系，所以自然每個文化都會有自己的圈子。這類的圈子會有自己的所謂領袖。而從古至今，無論是文藝復興時期的歐洲，還是到如今，猶太人一直是核心的決策團體。

美國有兩個民族，猶太人和愛爾蘭人，前者一直在歐洲被壓迫被歧視，愛爾蘭人在英國處於同一個處境中，所以當他們移民到美國後，他們的民族性的凝聚力就發揮到極點，從歐洲到美國猶太人操縱世界的觀點在社會中流行起來，因爲畢竟有一定說服力，那就是那麼多任美聯儲主席，基本上都是猶太人，包括這次以色列抗疫爲何如此成功，因爲輝瑞的 CEO Albert Bourla 就是猶太人。猶太人是非常私密，非常精英，凝聚力非常強的一個民族。首先要取得他們的信任並不容易，在以色列建國之前，他們一直是流浪，沒有任何力量能夠保護他們，因此他們非常注重彼此之間的那種聯繫。那麼這類文化加上血統天然的信任感，或是同在耶魯哈佛的這類學校中，就會形成一種群體，因爲彼此之間會有聯繫，無論是血脈還是社交關系，又或是學長帶學弟這類的校友圈，也是深層政府的一個組成部分。

深層政府的人脈成因

相信讀者都明白，我們要知道甚麼是國際秩序，國際秩序包含

了軍事同盟，全球貨幣系統和運作秩序，國際清算系統，司法系統等等，這些是深層政府，或者是說，跨國界的統治群體，上位者控制不同社會群體，他們進行分化，使權力更穩固，像八瓜魚般牢牢控制全球核心組織。通過深層政府是如何和這些要素交互的過程，我們可以更加深入理解深層政府到底是怎麼樣的存在。

真正撼動舊世界秩序的幾個巨大事件，包括膾炙人口的斯洛登的棱鏡門，希拉里時代的郵件洩密事件，這件事件的衝擊可以比克林頓的桃色事件，甚至尼克遜的水門事件更嚴重，這個事件也直接導致特朗普的當選，最終也導致維基解密（wikileak）的創始人阿桑奇（Julian Assange）只能待在大使館裡，哪裡都去不了，最終被直接鈴鐺入獄，直至2024年才因認罪而被釋放。

希拉里的電郵事件所引發的一系列事件，我將會陸續在這個系列中逐漸展開說明，比如說光怪陸離的 Pizzagate 事件 Comet Ping Pong，還有後續猶太銀行家，頂級皮條客的愛潑斯坦（Epstein）在蘿莉島 Lolita Express，基本上就是這個猶太銀行家在全世界範圍通過非法方式收集小蘿莉，並且將他們塞上從 NY 到 Palm beach 的747飛機，以招待全球比如這些深層家族享樂的所謂「陰謀論」。

斯洛登的棱鏡門事件

蘿莉島的人口販賣的連結可以追溯到很多權貴家族頭上，而維基解密上面解封的極大量郵件內容和法庭上公開的對話資料，更直接證明了這些事情的真實性，因為公開資料內容極其龐大，內容涉及的細節，人物以及來往都非常深入，如果有下載過維基解密壓縮包的都知道，要偽造這麼龐大，有邏輯聯繫，對話以及細節的往來幾乎不可能偽造。

有部講阿桑奇的電影，名叫《第五階層洩密風雲》(The Fifth Es-tate)。第五階層是對當代社會異常觀點群體的社會文化參考，與部落客、在非主流媒體上發表文章的記者以及社群媒體或「社會許可」聯繫最緊密。「第五」等級延伸了王國的三個古典等級(貴族、神職人員、臣民)和前面的第四等級(本質上是主流媒體)的序列。「第五階層」的使用可以追溯到20世紀60年代的反主流文化，特別是頗具影響力的《第五階層》，這是一份1965年在底特律首次出版的地下報紙。基於網路的技術增強了第五階層的範圍和權力，遠遠超出了它的規模。第五階層這部電影講述的是阿桑奇的生長背景以及他如何最終成為一個無國界的黑客，並且建立了一個去中心化的組織去曝光深層政府最黑暗的秘密(維基解密)。

阿桑奇的舉動激發了像斯諾登(Edward Snowden)或匿名者(Anonymous)這類的個人或是去中心化組織，在全球的範圍內掀起對上位者的清算以及審查。同時這一系列行為加上08年的次貸危機，才使得黑客這一隱秘團體最終曝光，出現在公眾的視野中。Anonymous 這類黑客群體也衍生出類似 Anonymous Ana-

《第五階層洩密風雲》(The Fifth Estate)

lytics 匿名分析這類針對於金融上市公司集團犯罪的調查組織。同樣的群體也有國際記者聯盟(ICIJ)。總之第五階層的定義是隨著互聯網的崛起，大量的工具使得我們能夠將信息迅速地整合並且傳遞，這也使得這類在傳統司法，媒體之外的一股監督力量崛起。ICIJ和匿名者這部分群體的組成都是不論國界和語言的，因為國界語言，民族身份認同使我們最容易被分化，我們容易以膚色、語言、收入等各類標籤去內訌，而不是去審查機構，所以這類組織都以意識形態作為內核而存在的。所以如果你凡事講意識形態，你就很難真正去看清很多國際形勢。

深層政府恨透黑客群體

而比特幣正是在這個黑客崛起的背景裡面被提出來的。比特幣雖然現在只能在有限的範圍做支付，但是這也使國際的支付行為在銀行秩序之外(環球銀行金融電信協會 Swift System)得以存在。

比特幣也的確讓各國央行頭疼，因爲深層政府的產物之一就是央行的架構，那就是通過統一的貨幣供應，甚至是窗口指導（Window Guidance）和相應的立法，通過宏觀調控來控制，用債務來激勵老百姓生產，這樣的制度遠比奴隸制度更高效。

大量的灰色甚至地下交易在金融世界發生，而更多是上位者的特權。普羅大衆缺乏對金融行業的認知，被各種訊息所誤導，而成爲金融市場的犧牲者，而主流新聞媒體亦一直不斷嘗試消除第五階層對於世界秩序的衝擊。

比特幣是在黑客崛起的背景中被提出來的

當然還有二戰時代的遺產「回紋針計劃」（Project Paperclip），基本上就是作爲戰勝國的美國極富戰略眼光地將一大批科學家以及技術骨幹帶回美國，而蘇聯政府沒有美國的遠見就分了武器技術和軍備，當然還有黃金，這項舉動也直接使美國的國力在二戰以後迎來一個巨大的飛躍。在蘇聯解體之後，蘇聯的成員國存在大量精通

數學的人才，但是由於蘇聯解體，激進的經濟休克療法缺乏循序漸進的市場所有制改革，最終導致愛沙尼亞、立陶宛這類國家的頂級人才沒處可去，他們精通數學，邏輯思維非常強加上過人的編程能力，使得他們往往參與到黑產，或是灰產的相關產業。這也催生了網絡安保行業比如卡巴斯基這類的網絡公司。而深層政府的存在也使得暗網的基礎設施洋蔥 Union Web（TOR）以及各類的 LRC 得以存在，加密通訊以及深網的交流成為可能。比如洋蔥瀏覽器就是出自曾就任海軍實驗室的 Roger Dingledine 之手。有相當多的東歐移民最終到了美國，憑借自身的才能和才智，實現身份階層的巨大跨越，比如說著名的全球經濟商盈透（互動經紀商 Interactive Broker）的創始人 Peterffy 就曾經是非常屬害的程序設計師以及期權交易員。

隨著匿名技術，區塊鏈技術以及類似 Telegram 和新一代社交媒體這類的加密工具興起，完全控制或是公民審查變得極其困難，這也使深層政府不得不用其他工具強化自身的控制，比如在安卓端或是蘋果端做類似的後門。維基解密洩露 CIA 所應用黑客工具就証明互聯網一直不是一個安全的地方。深層政府正因為這些原因而恨透這些黑客群體，同時他們認為必須通過其他的管道加強對民眾的管理。社交媒體言論被大數據所控制，網上金融系統、各種網上消費，甚至多國的監控系統，都是為了進一步控制民眾。各種資訊被牢牢控制着，民眾被灌輸消費享樂，對世界的事實漠不關心，甚至毫不知情！我們現在世界正被各種假象所控制，深層政府控制全球衆多傳媒機構，就是要1%的精英控制99%的羊羣大衆。

——— 甘迺迪與深層政府最大的衝突 ———

發行無債務貨幣就是甘迺迪被暗殺的直接原因，是因為在他遇害的5個月前簽署了「11110號行政命令」（Executive Order 11110），這項行政命令允許美國政府繞過整個美聯儲系統，發行無債務貨幣。

　　大多數美國人都不知道美國政府曾經直接發行無債貨幣。美國曾經在無債務貨幣體系下繁榮發展，美國人其實可以再次這樣做。事實上美國是一個主權國家，以當時的經濟力量和儲備是不需要發債。甘迺迪主政期間，聯邦儲備票據(美元)並不是唯一流通的貨幣。美國財政部發行了數量有限的無債務美國鈔票，並由美國政府承認價值，而沒有產生任何新債務。不幸的是自從甘迺迪遇刺後，已不再發行這種美國紙幣。如果大家看看美元，最上面寫的是什麼?上面寫著「聯邦儲備票據」。美國政府當前系統的運作方式是：每當發行更多的美聯儲票據時，也會產生更多的債務。這種以債務為基礎的貨幣體系正在系統地摧毀這個國家的財富。事實根據美國憲法，美國政府仍然有權發行無債務貨幣，不過深層政府一直淡化民眾的認知，現在已很少人知道甚麼是無債務貨幣。

Executive Order 11110 AMENDMENT OF EXECUTIVE ORDER
NO. 10289

AS AMENDED, RELATING TO THE PERFORMANCE OF
CERTAIN FUNCTIONS AFFECTING THE DEPARTMENT OF
THE TREASURY

By virtue of the authority vested in me by section 301 of title
3 of the United States Code, it is ordered as follows:

Section 1. Executive Order No. 10289 of September 19, 1951,
as amended, is hereby further amended-

By adding at the end of paragraph 1 thereof the following
subparagraph (j):

(j) The authority vested in the President by paragraph (b) of
section 43 of the Act of May 12,1933, as amended (31
U.S.C.821(b)), to issue silver certificates against any silver
bullion, silver, or standard silver dollars in the Treasury not
then held for redemption of any outstanding silver
certificates, to prescribe the denomination of such silver
certificates, and to coin standard silver dollars and
subsidiary silver currency for their redemption

and --

Byrevoking subparagraphs (b) and (c) of paragraph 2 thereof.

Sec. 2. The amendments made by this Order shall not affect
any act done, or any right accruing or accrued or any suit or
proceeding had or commenced in any civil or criminal cause
prior to the date of this Order but all such liabilities shall
continue and may be enforced as if said amendments had not
been made.

John F. Kennedy The White House, June 4, 1963.

11110號行政命令

無債務貨幣

發行無債務貨幣就是甘迺迪被暗殺的直接原因，是因爲在他遇害的五個月前簽署了「11110號行政命令」(Executive Order 11110)，這項行政命令允許美國政府繞過整個美聯儲系統，發行無債務貨幣。甘迺迪希望讓美國貨幣的發行從此不再違反憲法，因爲憲法規定在美國只有國會可以鑄造和監管貨幣，而非私人銀行美聯儲。其實由美聯儲發行貨幣是違憲的。1963年6月4日，甘迺迪總統簽署了一項幾乎不爲人知的總統令，即11110號行政命令，旨在剝奪聯邦儲備

銀行向美國聯邦政府提供利息貸款的權力。甘迺迪總統大筆一揮，宣佈私有的聯邦儲備銀行很快就會倒閉。11110號總統行政命令要求通過美國財政部而非私人央行美聯儲發行4,292,893,815美元。同一天甘迺迪簽署了法案，將發行一美元和兩美元紙幣的抵押物從白銀改爲黃金，此舉提高了美元的含金量。而且甘迺迪還任命了一直和美聯儲關系不好的詹姆斯‧約瑟夫‧撒克遜爲美國財政部第21任貨幣審計長，約瑟夫上任後開始削弱美聯儲對美國經濟活動的影響，放寬了對非美聯儲銀行在美國境內從事存貸款業務的限制，並規定除了美聯儲和各地聯儲銀行（美聯儲的分支和組成部分）之外，美國其他銀行也可以承銷美國地方政府債券，此後美國地方債的發行和承銷也不必處處依賴美聯儲。

雖然時至今日，第11110號總統行政令仍然有效，但是從林登‧約翰遜總統開始的歷屆政府，顯然有意忽略這一點，一代代美國人被迫繼續爲美聯儲票據支付利息。甘迺迪發行的美元上印著的總統，就是讓美國政府從私人央行手中奪回發幣權，因發行無債務貨幣「綠幣」被深層政府/共濟會所刺殺的林肯。可悲的是甘迺迪隨後也步了林肯的後塵。

1963年11月22日，星期五中午12點30分，在德克薩斯州達拉斯進行競選活動的甘迺迪總統被當衆射殺，三枚子彈分別射穿了他的喉嚨、上背部和頭部。甘迺迪去世後，詹森火速接班成爲美國總統，並設立了華倫委員會調查暗殺事件。由於詹森是甘迺迪幾乎所有政策的反對者，因此在其接任幾天內，甘迺迪新政被悉數推翻。

共濟會13家族的提款機，私人銀行美聯儲再次擁有了發行美國貨幣的權力，而原本接受甘迺迪指令發行無債務貨幣的美國財政部默不作聲，沒有反抗。

約翰·甘迺迪

基督教普通法研究所用聯邦公報和國會圖書館對此事進行了詳盡的研究，該研究所得出結論，甘迺迪總統的行政命令從未被任何後續行政命令廢除、修訂或取代。簡單來說直到現在它仍然有效。甘迺迪簽署該命令時，給了聯邦政府，特別是財政部，發行貨幣的憲法權力，而無需通過私人擁有的聯邦儲備銀行。甘迺迪的11110

號行政命令賦予財政部明確授權：「針對財政部中的任何銀條、白銀或標準銀元簽發白銀證書」。這意味著對於美國財政部金庫中的每一盎司白銀，政府可以根據其中實際持有的銀條將新貨幣引入流通。結果超過40億美元的美國紙幣以2美元和5美元面額在社會流通。當然甘迺迪知道，作為「法定貨幣」流通的美聯儲票據違反了美國憲法，該憲法要求將「美國票據」作為無息、無債務的貨幣發行，由美國政府支持。將美國私人中央銀行（即聯邦儲備系統）發行的「聯邦儲備票據」與美國財政部發行的「美國票據」（由總統發行）進行比較，兩者幾乎相似，除了一個在頂部寫著「聯邦儲備鈔票」而另一個寫著「美國鈔票」。此外聯邦儲備票據有綠色印章和序列號，而美國財政部票據有紅色印章和序列號。如果白銀支持的美國票據廣泛流通，它們將消除對美聯儲票據的需求。這是一個簡單的經濟學問題。財政部票據由白銀支持，而聯儲局票據沒有任何儲備支持。

圖中上一張為甘迺迪新政期間發行的一張五美元的鈔票，這張鈔票的標題上印著「美國紙幣」的字樣和林肯總統的頭像。「美國紙幣」上沒有共濟會全知之眼，在甘迺迪去世後迅速被廢除。下面一張是聯邦儲備券。

由於第11110號行政命令，國家債務將無法達到目前的水平（31.4兆美元的聯邦債務都是從1963年以來產生的）。11110號行政命令還授予美國政府償還過去債務的權力，而無需從私人擁有的美聯儲進一步借款，後者收取本金和利息以及它「創造」的所有新「資金」。最後11110號行政命令使美國有能力創造由白銀支持的自己的貨幣，再次賦予貨幣真正的價值。甘迺迪總統遇刺是對未來總統的警告：不要干涉私人美聯儲對貨幣創造的控制。因為甘迺甘迺迪懷著真正的勇氣，大膽挑戰了曾經用來推高債務的兩種最成功的工具：一、戰爭(即越南戰爭)；以及二、由私人擁有的中央銀行創造貨幣。他在1965年之前將所有美軍撤出越南的努力，加上第11110號行政命令將摧毀私人聯邦儲備銀行的利潤和控制權。

私營銀行被允許發行貨幣

聯邦儲備銀行，又名聯邦儲備系統，是一家私人公司。布萊克法律詞典將「聯邦儲備系統」定義為：「大多數國家銀行所屬以及州立特許銀行可能所屬的12家中央銀行網絡。會員規則要求投資股票和最低儲備金。」私人銀行擁有美聯儲的股票。這在 Lewis v. United States, Federal Reporter, 2nd Series, Vol. 的案例中得到了更詳細的解釋。(680, Pages 1239, 1241 (1982))，法院稱：「每家聯邦儲備銀行都是其所在地區的商業銀行擁有的獨立公司。股份制商業銀行選舉每家銀行九名董事會成員的三分之二。」簡而言之，聯邦儲備銀行由其成員銀行在當地控制。

此外，根據布萊克法律詞典，這些私營銀行被「允許」發行貨

幣:「聯邦儲備法創建了聯邦儲備銀行，它們充當維持貨幣儲備的代理人，以紙幣的形式發行貨幣，放貸銀行，以及由聯邦儲備委員會（qv）管理的監管銀行。」因此，私人擁有的美聯儲（FED）銀行被允許實際發行（創造）美國使用的「貨幣」。

1964年，衆議院銀行和貨幣委員會國內金融小組委員會在第88屆國會第二次會議上提出了一份題爲《貨幣事實》的研究報告，其中很好地描述了美聯儲是什麼：「美聯儲是一個私人機構" 任何一個擁有很多錢的人或任何與這羣人有緊密聯繫的團體都擁有很大的權力。這正是私有的美聯儲！

沒有人比1930年代擔任衆議院銀行委員會主席的路易 T. 麥菲登（Louis T. McFadden）更能揭露美聯儲的權力。在描述美聯儲時，他在1932年6月10日的國會記錄，衆議院第1295和1296頁中評論道：主席先生，我們在這個國家擁有世界上最腐敗的機構之一。我指的是聯邦儲備委員會和聯邦儲備銀行。聯邦儲備委員會，一個政府委員會，欺騙了美國政府和美國人民，騙走了足夠的錢來償還國債。聯邦儲備委員會和聯邦儲備銀行共同行動的掠奪和罪惡使這個國家花費了足夠的錢來償還數倍的國債。這個邪惡的機構使美國人民陷入貧困和毀滅；美國已經破產了，實際上已經使我們的政府破產了。它通過對聯邦儲備委員會所依據的法律來謀取利益，以及通過控制它的權貴的腐敗行爲來奪取更大的權力。

有些人認爲聯邦儲備銀行是美國政府機構。現實上他們不是政

府機構、部門。它們是私人信貸壟斷企業，爲了自己和外國客戶的利益而掠奪美國人民的金錢。這12家私人信貸壟斷機構被從歐洲來的銀行家(羅富齊家族)有系統地欺騙和破壞美國企業和民衆手上的財富。

美聯儲基本上是這樣運作的：政府將創造貨幣的權力授予美聯儲銀行。他們創造貨幣，然後將其借給政府收取利息。政府徵收所得稅以支付債務利息。在這一點上，有趣的是，1913年通過了《聯邦儲備法》和賦予國會徵收所得稅權力的第十六修正案。美聯儲對經濟的權力得到了普遍承認，利用銀行界和學術界權威支持它。另一方面，也有像甘迺迪總統這樣的人公開反對它。他的努力在 Jim Marrs 1990年的著作《穿越火線》中得到了稱讚：甘迺迪試圖改革美國社會被忽視的金融系統。

甘迺迪認爲通過回到憲法規定只有國會才能鑄幣和監管貨幣，飆升的國債可以通過不向聯邦儲備系統的銀行家支付利息來減少，後者印製紙幣然後將其借給美國政府。1963年11月12日，在遇刺前十天，甘迺迪總統在哥倫比亞大學的一次演講中說：「總統的高職被用來煽動破壞美國人自由的陰謀，在我離任之前，我必須將這種困境告知公民。」根據美國憲法(第1條第8款)，只有國會有權鑄造貨幣、調節其價值和外國硬幣的價值，並確定度量衡標準。然而自1913年以來，該條款被聯邦儲備法的創建和存在所忽視，該法賦予私人公司「創造」的權力，可印刷美國的錢。美聯儲由12家私人信貸壟斷機構組成，它們被授權控制「美聯儲票據」、利率以及所有其他

貨幣和銀行服務的供應。

聯邦儲備票據沒有任何內在價值(卽黃金或白銀)的支持。根據維基百科，美國紙幣由美國財政部直接發行並在美國內戰期間首次使用……「它們最初由美國財政部直接發行，用於支付聯盟在南北戰爭期間產生的費用美國內戰。在接下來的一個世紀裡，管理這些票據的立法被修改了很多次，財政部已經發行了許多版本。」爲什麼美國今天使用以債務爲基礎的聯邦儲備票據而不是無債務的美國票據呢?這看起來很愚蠢，不是嗎?如果美國可以發行美元債券，和發行無債務美元鈔票，將債務和美元分開，這樣便可以令到美國的經濟發展得更健康。

以債務爲基礎的貨幣體系

美國目前以債務爲基礎的貨幣體系是由貪婪的銀行家設計的，他們通過憑空創造貨幣並以收取利息借給美國政府來賺取巨額利潤。可悲的是絕大多數美國人不知道這個國家實際上是如何創造貨幣的。每當美國政府將更多貨幣投入社會流通時，同時卻創造更多政府債務……「當政府想要更多的錢時，美國政府將美國國債換成『美聯儲票據』，從而產生更多的政府債務。通常這些錢甚至都不會印出來，大多數時候它只是以電子方式記入政府的貸方……美聯儲憑空創造了這些『美聯儲票據』。這些美聯儲票據沒有任何支持，也沒有自己的內在價值。」

當每一張新的聯邦儲備票據發行時，聯邦政府在該新聯邦儲備票

據上所欠的利息也會同時產生。因此創造的政府債務數量實際上超過了創造的貨幣數量。這不是一個愚蠢的系統嗎？美國憲法規定，聯邦政府實際上應該發行美國人的錢。特別是，根據美國憲法第一條第八款，美國國會被授予「鑄造貨幣、規範其價值和外國硬幣的價值、確定度量衡標準」的責任。

那麼為什麼私人中央銀行的權貴要發行貨幣呢？早在1910年，也就是聯邦儲備法通過前幾年，國債只有26億美元左右。100多年後，美國國債現在增加了5000多倍。那麼為什麼不直接承認這個系統根本行不通呢？美國目前以債務為基礎的貨幣體系也需要非常高的個人所得稅來支付。事實上，個人所得稅的引入與美聯儲系統最初誕生的時間幾乎是同時推出的，這絕非偶然。因為美國民眾都面臨著終生的債務奴役。

正如我之前所寫的那樣，如果聯邦政府在這一刻開始以每秒一美元的速度償還美國國債，那麼將需要超過50,000年才能償還國債。無論是共和黨人還是民主黨人都沒有針對這個問題提出任何解決方案。相反雙方只是想減緩陷入更多債務的速度。但事實是聯邦政府不必承擔一分錢的額外債務。這怎麼可能？它並不太複雜。如果國會收回貨幣的權力並開始發行無債務貨幣，現在很多問題都可以得到解決。

大多數美國人認為通貨膨脹是生活中的事實，但可悲的事實是，自1913年美聯儲成立以來，美國一直存在嚴重的通貨膨脹問

題。所以在無債務貨幣體系下需要嚴格的貨幣紀律，但很難做得比美聯儲已經做的更糟。國會其實可以使用其他方法來減緩通貨膨脹。例如，提高銀行存款準備金率，將有助於抑制通貨膨脹。美國人民需要明白，美國政府「必須」向別人借錢是騙人的。當美國政府借錢時，它會慢慢地將財富從美國人民轉移到借錢的人手中。但遺憾的是兩個政黨甚至完全沒有談論免債資金。事實上，兩個政黨的大多數政客可能甚至不知道如何解決美國現在的龐大債務。如果堅持目前的經濟路線，未來經濟崩潰是不可避免。甘迺迪時期曾發行無債務美國紙幣，美國政府仍有權發行無債務貨幣。

CHAPTER 3

歐洲黑幕

克里維登集團

關於克里維登集團對希特拉的駭人聽聞行為，到了現在已成為英國黑歷史，英國主流傳媒對這段過激而且是叛國的行為視而不見。

華爾道夫・阿斯特（Waldorf Astor）和南茜・阿斯特（Nancy Astor）在 1930 年代的英國政治中非常突出。英國政客認為阿道夫・希特拉是一個可以講道理的人，只要和他好好相處，希特拉亦會好好和其他人相處。

阿斯特一家住在倫敦以西約25英里的泰晤士河上一座巨大的意大利式豪宅克里維登莊園（Cliveden House）。這座房子和莊園有一段傳奇的、而且是骯髒的歷史。位於白金漢郡，第二代克里維登莊園在17世紀後期開始建造，什魯斯伯里公爵在它完工之前就去世了，它曾被燒毀過兩次，經過重建後，於1893年歸當時美國首富威廉・華爾道夫・阿斯特（William Waldorf Astor）擁有。威廉・沃爾多夫「威利」阿斯特將房子作為結婚禮物送給了兒子華爾道夫，華爾道夫與美國鐵路大亨奇斯維爾・朗霍恩（Chiswell Langhorne）的女兒南希・威徹・朗霍恩（Nancy Witcher Langhorne）結婚。正是在這些地方，這對夫婦邀請英國精英討論如何影響政府決策。

克里維登莊園。Wikimedia Commons,Attribution: WyrdLight.com

　　華爾道夫・阿斯特於1910年當選為議會議員。當他繼承父親的貴族爵位時，他搬到了上議院，南茜贏得了舊席位的選舉。她是第二位當選英國下議院議員的女性。鑑於他們享有極高特權的背景，阿斯特家族支持右翼保守黨也就不足為奇了。

　　這對夫婦還以反猶主義暗中在政圈建立關係。南茜經常與另一位著名的反猶分子、美國駐英國大使約瑟夫・甘迺迪（Joseph Kennedy）（美國前總統甘迺迪的父親）通信。

　　曾有報導說，「南茜阿斯特寫信給甘迺迪說，希特拉在『世界末日』（意思指猶太人控制全世界）前來拯救他們，希特拉必須做的不僅僅是給『基督的殺手』（猶太人）一個艱難的時間。歷史之輪如主所願轉動。我們是誰會擋住這個黑暗未來的路？」甘迺迪回答說，他預計美國的猶太人媒體會成為一個問題，紐約和洛杉磯的猶太專家已經在製造噪音，為世界混亂的導火線做好準備。」

看起來華爾道夫・阿斯特雖然對猶太人非常仇視，但在這些問題上不如他的妻子那麼惡毒。阿斯特家族還表現出對共產主義的強烈仇恨，以及對羅馬天主教徒、同性戀者和大多數其他少數族裔的偏見。

聚集在他們周圍，有一群持類似觀點而有影響力的人。很快克里維登這個莊園就聚集一羣軍政要人，組成了一個接近英國權力核心圈子的名人錄。他們的人數包括愛德華・伍德(Edward Wood)(哈利法克斯內閣部長)、塞繆爾・霍爾(Samuel Hoare)(外交大臣)、愛德華・菲茨羅伊(Edward Fitzroy)(下議院議長)、菲利普・克爾(Philip Kerr)(洛錫安勳爵、作家和政治家)、內維爾亨德森爵士(Sir Nevile Henderson)(駐德國大使)、杰弗里・道森(Geoffrey Dawson)(《泰晤士報》編輯)，各種子爵、男爵、伯爵以及政界和商界人士。

魏瑪共和國最後階段針對女性的民族社會主義選舉海報。

安撫希特拉政策

憑藉他們在權力走廊中的聯繫，這些人推動了安撫希特拉的政策。這是在遠離傳媒的情況下悄悄進行。他們在1937年5月成為英國首相的內維爾・張伯倫找到了他們的擁護者。他是安撫希特拉的堅定支持者，這一政策「得到了保守黨和議會多數成員、大部分新聞界的支持」，和大多數公眾輿論都歡迎這個令英國遠離戰爭的做法。

根據結束第一次世界大戰的凡爾賽條約，德國獲得了萊茵蘭的政治控制權，該地區與比利時、法國、荷蘭和盧森堡接壤。該條約還宣佈該地區為非軍事區。1936年，希特拉命令部隊佔領萊茵蘭。洛錫安勳爵回應說，德國祇是在佔領「他們自己的後院」。這句話總結了克里維登家族對德國法西斯主義的態度，儘管洛錫安對希特拉的真實本性，只有一層膚淺的認識。

1937年11月，一篇名為《The Week》的左翼時事通訊出現了一篇文章。編輯克勞德・科伯恩（Claud Cockburn）長期以來一直反對屈服於希特拉的要求，因為他相信這會導致德國會發起侵略英國的戰爭。文章稱，阿斯特家族及其集團對英國的外交政策施加了不應有的影響，稱他們是「德國在此影響力的最重要支持者之一」。

1938年3月，希特勒的軍隊吞併了奧地利，英國政府的反應被普遍認為是微弱的。正如科克本所說，新聞報導開始將該政策與克里維登部署的影響聯繫起來。然後在1938年9月，內維爾・張伯倫首相在慕尼黑會見了希特拉，並完全被騙簽署了和平協議。他說德國元

首想要的只是將蘇台德地區併入大德意志。這是捷克斯洛伐克的一個地區，大部分講德語的人居住在該地區，並被凡爾賽條約從德國帶走。張伯倫同意了這一點，以換取希特拉的承諾，即不再向主權國家進軍。

克里維登集團欣喜若狂，華爾道夫·阿斯特寫道：「我自己的印像是，包括納粹在內的歐洲現在已經停止了世界大戰，因為這場行動意味著讓蘇聯知道不能繼續蠶食和改變歐洲，並相信最終的解決方案，如果張伯倫首相應繼續領導英國作出進一步行動，包括裁軍在內，這樣可以令到納粹德國知歐洲是友善的。」

1939年3月，希特拉對捷克斯洛伐克其他地區發動了閃電戰。洛錫安勳爵驚訝地承認「希特拉實際上是一個狂熱的黑幫，他會不惜一切代價擊敗任何地方反對他意志的一切可能性。」 他說是時候建立「大聯盟」來阻止任何進一步的侵略了。這是克里維登集團的喪鐘，公衆興論轉而反對其成員及他們的秘密陰謀。然而，南茜·阿斯特沒有悔改，聲稱對她的批評是「猶太共產主義宣傳」的結果。只是她的名聲一落千丈。她和克里

1930年代英國法西斯聯盟的支持者。

維登的其他人永遠無法抹去他們榮譽上的污點，這些污點伴隨著他們曾經親希特拉的指控。

納粹黑皮書

第二次世界大戰結束後，1945年9月納粹黑皮書Black Book(Sonderfahndungsliste G，英國特別搜查名單，是一份秘密名單，列出了要逮捕的著名英國居民，由黨衛軍於1940年製作，作為準備入侵英國的一部分。戰後，這份名單被稱為黑皮書。)的發現表明，一旦軸心國入侵英國，克里維登組織的所有成員都將被逮捕。阿斯特夫人評論說，「這是對所謂『克里維登集團』是親法西斯的可怕謊言的完整回答」。

1922年，華爾道夫和南希·阿斯特。

新的研究表明，阿斯特夫婦邀請了非常廣泛的客人，包括社會主義者、共產主義者和綏靖政策的敵人。學者們不再聲稱有任何克

里維登陰謀。歷史學家安德魯‧羅伯茨（Andrew Roberts）說：「克里維登是綏靖主義者的巢穴，更不用說親納粹分子了，這個神話被打破了。」諾曼‧羅斯（Norman Rose）2000年對該組織的描述駁斥了親納粹陰謀集團的陰謀論。卡羅爾‧奎格利（Carroll Quigley）反對克里維登集團親德的「錯誤想法」：「他們在1910年既不反德，也不在1938年親德，而是一直親帝國。」

關於克里維登集團對希特拉的駭人聽聞，到了現在已成爲英國黑歷史，英國主流傳媒對這段過激而且是叛國的行爲視而不見，克里維登集團的故事，仍然是一個爭議的問題。

英國深層政府　隱秘重要事件

大英帝國長期以來一直受到各種幾乎看不見的力量的影響。在21世紀隨美國深層政府曝光後，歐美傳媒開始將英國深層政府的神秘面紗揭露出來，從一戰後英國深層政府越來越受到美國深層政府的影響，甚至兩者漸漸產生共同利益。

　　女皇伊麗莎白二世曾說：「這個國家有我們不知道的權力在起作用」。

　　相信讀者知道深層政府不只存在於美國，在歐洲各國都有它們的利益集團，跨國的黑暗之手控制着全世界。在上一本書中就曾講述英國深層政府，因有讀者想了解多些歷史，所以這篇文章繼續探討一些影響近代的英國深層政府的重要事件。

　　英國深層政府(UK Deep State)，大英帝國長期以來一直受到各種幾乎看不見的力量的影響。在21世紀隨美國深層政府曝光後，歐美傳媒開始將英國深層政府的神秘面紗揭露出來，從一戰後英國深層政府越來越受到美國深層政府的影響，甚至兩者漸漸產生共同利益。

英國深層政府可以追溯到幾個世紀前，英國的「民主」政府時代也是如此，儘管在網絡上幾乎沒有關於大英帝國任何有關深層政府的訊息或資料。下面描述的英國/美國深層政府的二戰前歷史很大程度上歸功於卡羅爾・奎格利的揭露，包括眾多的英美機構。在近年英國選舉，傳媒揭露多宗事件讓人們關注了現代英國深層政府的運作方式。

我們先從英格蘭銀行說起。英格蘭銀行由威廉三世國王於1694年成立（世界第二大中央銀行），皇室與金融家的妥協，使這些金融家組織得越來越緊密，越來越不願意借錢給國王進行軍事冒險。他們被授予沒有任何抵押、可無中生有地任意發行英鎊（並收取利息）的皇家壟斷權。既然這意味著可以創造無限數量的英鎊，那麼國王在想要徵召軍隊時，就更容易向他們獲取更多金錢。它最初是一家私營企業，於1946年被國有化，並置於名義上的政府控制之下。與許多深層政府的團體一樣，金融家和中央銀行家在英國的深層政府中發揮了關鍵作用。

英格蘭銀行的黃金控制：《天空新聞》（Sky News）在2013年報導稱，在1938年當納粹德國吞併蘇台德地區和1939年3月入侵捷克領土之後，英格蘭銀行於1939年3月21日將黃金從捷克斯洛伐克在國際清算銀行的賬戶轉移到納粹德國帝國銀行。路透社2018年11月報導稱，馬杜羅政府正尋求將英格蘭銀行持有的14噸黃金帶回委內瑞拉。英格蘭銀行沒有履行委內瑞拉政府的要求，並且要求解釋為什麼該國想要收回黃金，理由是擔心馬杜羅「可能會扣押國家擁

有的黃金，並將其出售以謀取私利。」

　　從金融系統到培養人材，美國有骷髏會，英國則有布林登俱樂部（Bullingdon Club）。18世紀建立的布林登俱樂部成立於1780年，作爲牛津大學的體育俱樂部，這個俱樂部表面發展成爲以醉酒鬧事和破壞學校公物而聞名的精英飲飲食食吹水聚會的學生組織。不過這個鬧事的牛津學生組織，卻發展成爲英國深層政府集團尋找新成員的最重要地方。成員包括衆多英國首相，鮑里斯‧約翰遜、喬治‧奧斯本和大衛‧卡梅倫。

1866年的布林登俱樂部

國家級金融集團如何幫助權貴精英？

關於19世紀蘇伊士運河事件，Russ Winter 寫道：「根據羅富

齊的檔案，在1875年，NM Rothschild & Sons 的倫敦銀行向首相 Benjamin Disraeli提出400萬英鎊，他代表英國政府購買了蘇伊士運河的股份。萊昂內爾‧德‧羅富齊的朋友稱，「據傳說，這是根據紳士的口頭協議進行的，沒有任何法律文件來擔保這筆總額超過5.5億英鎊的貸款。」

第一次世界大戰之初，英國深層政府努力讓美國參與世界大戰，打破了美國人不想參與歐洲戰爭的孤立主義。伍德羅‧威爾遜是一位順從的深層政府官員，他的競選口號是「他讓我們遠離戰爭」，同時計劃如何動員美國民眾參加戰爭。盧西塔尼亞號的沉沒事件是這一過程中的重要一步。

在第一次世界大戰中個人致富的秘密精英成員，繼續在操控英國政府的憲法和政策方面發揮著重要作用。隨著大英帝國的「相對實力」對比於迅速工業化的美國開始衰落，深刻的政治重心從倫敦移到了大西洋彼岸的華盛頓。克里維登集團(1937年出現的一個將英國和納粹德國議和，甚至結盟的團體)，是 Carroll Quigley 研究的英國深層政府的一個派系。他們同情法西斯主義，而這群人1的影響未能在二戰中倖存下來。

珍珠港襲擊事件令到美國公眾大為震怒，在第一次世界大戰的重複的偽旗行動中，英國機構努力讓美國參與第二次世界大戰，克服了不熱情的美國民眾的抵制。轉折點是日本偷襲珍珠港，美國公眾感到晴天霹靂，儘管許多人對此提出異議，不過不論是英國或中

國政府都收到日本情報得知日本會偷襲美軍基地，但是情報卻因一些人為失誤，令到美軍指揮部不能第一時間做好準備，日軍得以偷襲成功。究竟是人為或是各種巧合造成？美軍終於參與第二次世界大戰，是真正改變了世界局勢的重大事件。

在1945年後蘇聯雖然是戰時盟友，但很快就令世人恐懼。隨後發生了長達數十年的冷戰，這對20世紀餘下的大部分時間裡的地緣政治產生了決定性的影響。1954年的第一個深層政府組織彼爾德伯格（Bilderberg）成立。1950年代初期，歐洲大陸開始了兩個重要的深層政府的組織 Pinay Cercle 和 Bilderberg，這兩個地方在50多年裡幾乎不為公眾所知。前者誕生於冷戰時期，在其構成中極度反共，最初在英國的深層政治圈中並不為人所知，但在1970年代，在布賴恩·克羅齊爾成為該組織的主席後，他開始發揮重要作用。彼爾德伯格積極則推動歐盟和與美國的密切聯繫。第一屆 Bilderberg 有幾個英國參與者：Colin Gubbins（他是約瑟夫·雷廷格在計劃組建小組時接觸的前12人之一）、克萊門特·戴維斯、奧利弗·弗蘭克斯、休·蓋茨凱爾、H.蒙哥馬利·海德、羅伯特·布斯比、哈里·皮爾金頓和湯姆·威廉姆森。

英國權貴地下戀童圈子

1960年代楡樹賓館，是英國臭名昭著的戀童場所。Clermont Set 是倫敦的一個深層政府所控制的會所，其成員多是強迫性賭徒和好色之徒，與其他深層政府組織（包括 Bilderberg 和 Le Cercle）有多重聯繫。1960年代同性戀在英格蘭合法化後，英國情報機構將其

替換爲未成年性接觸作爲性勒索的標準工具。特別臭名昭著的場所包括海豚廣場(方便前往威斯敏斯特)、楡樹賓館(也在倫敦)和北愛爾蘭的金科拉男孩之家。

自1960年代以來，有關有影響力的人有組織的性虐待、戀童癖的指控比比皆是，但英國深層政府設法隱瞞和控制證據。在吉米·薩維爾(Jimmy Saville)被追捕爲連環強姦犯、戀屍癖和虐待兒童者之後，戀童現象獲得了很大的關注。薩維爾是一個高度公衆化的人物，幾十年來他的性傾向一直是謠言的主題，但他與BBC和英國王室等團體的接觸意味著人們不會把他排除在外，他被認爲是不可觸碰的。杰弗里·愛潑斯坦事件進一步暴露了安德魯·溫莎被牽連後英國的戀童癖現象。

發條橙計劃(Clockwork Orange)

1976年，哈羅德·威爾遜(Harold Wilson)在英國深層政府「發條橙計劃」(Clockwork Orange)後下台，該計劃目的是解除他的首相職位。威爾遜試圖禁止英國私營僱傭軍，深層政府反對，認爲Keenie Meenie Services的服務對英國駐外外交官的安全是非常重要的。

英國深層政府「發條橙計劃」，取名於史丹利·寇比力克1971年的電影《發條橙》。

「發條橙」是英國安全部門的一個秘密計劃，據稱涉及1974年至1975年間針對英國政客的抹黑計劃。黑宣傳導致首相哈羅德·威爾遜擔心安全部門發動政變。此行動得名於史丹利·寇比力克1971年的電影《發條橙》，改編自安東尼伯吉斯1962年的同名小說。

該計畫由軍情五處和駐北愛爾蘭的英國陸軍新聞辦公室的成員參與，他們的工作還包括日常公共關係以及在媒體上發佈虛假資訊誤導民眾，作為針對愛爾蘭臨時共和軍的心理戰的一部分。

該計畫的成員之一、北愛爾蘭陸軍總部新聞官科林華萊士也聲稱，1973年軍情五處成為北愛爾蘭主要情報機構後，該計畫開始向外國記者通報反對威爾遜政府成員的情況。這些簡報包括分發偽造文件，試圖表明肇事者是領導一場破壞北愛爾蘭穩定的運動的共產主義者，又或是愛爾蘭共和主義者。當威爾遜辭職後，他聲稱自己是一場有計劃的軍事政變的目標。他同時譴責軍情五處成員為迫使他辭職而發起抹黑他的活動。據記者巴里·彭羅斯（Barry Penrose）報道，威爾遜「對兩次軍事政變發表了陰暗的言論，他說這兩次軍事政變目的是在1960年代末和1970年代中期推翻他的政府。」

1974年1月，英國陸軍實施了「馬米恩行動」，佔領了倫敦希思羅機場，理由是在航站樓可能在進行反國家行為者暴力活動訓練，　威爾遜對此並不知情。該行動在六月、七月和九月又重複了三次。許多左派人士認為這些軍事部署是軍事接管的演習，而不是反恐演習。

保守黨議員艾瑞・尼夫(Airey Neave)據稱參與了發條橙計劃的行動，並多次向華萊士陳述計劃情況。在1979年艾瑞・尼夫(Airey Neave)在白金漢宮的停車場被北愛爾蘭解放軍放置的汽車炸彈炸死。

炸彈襲擊後艾雷・尼夫(Airey Neave)的汽車殘骸。

1990年1月30日，國防部副部長阿奇‧漢密爾頓在下議院承認存在一個名爲「發條橙計劃」的擬議項目，儘管他接著說該項目從未被批准實施，也沒有證據表明該項目涉及針對政客的抹黑運動。

戀童癖信息交流中心

戀童癖信息交流中心（Paedophile Information Exchange）成立於1974年，吸引了一些英國政界人士和其他重要機構人物。PIE是蘇格蘭少數群體（Outright Scotland）內部的一個特殊利益團體，由居住在愛丁堡的同性戀學生邁克爾‧漢森（Michael Hanson）和伊恩‧鄧恩（Ian Dunn）共同創立。漢森是一名居住在愛丁堡的同性戀學生，他成爲該組織的首任主席，聯合創始人鄧恩也是蘇格蘭少數群體的創始人。儘管漢森並不認爲自己是戀童癖者，但他與一名15歲青少年的性關係，以及異性戀和同性戀活動的合法年齡不同，使漢森對戀童癖的倡導表示同情。1975年PIE遷往倫敦，23歲的Keith Hose 擔任主席。該組織的既定目標是透過廢除性承諾年齡的運動，從而使成人和兒童之間的性行爲合法化，「減輕許多成人和兒童的痛苦」。在其活動的早期，只有一小部分人「了解」PIE等團體，即「同性戀報紙和雜誌的讀者，以及其他群體，同性戀圈子裡口耳相傳的人。」

1978年夏天，警方突襲搜查了幾名 PIE 委員會成員的家，作爲對 PIE 活動進行全面調查的一部分；這項調查的結果是，向檢察長提交了一份實質報告，隨後對 PIE 活動人士進行了起訴。特別是，

五名活動人士被指控在「Magpie」上印製廣告，宣揚成人和兒童之間的不雅行爲。其他人如果作證指控這五人，那麼他們因透過郵件發送不雅材料而受到的指控會較輕。這些指控與被告交換的詳細描述各種性幻想的信件有關。最後發現，有一個人與大多數被告有過通信，但尚未受到審判。審判結束後，人們發現其中存在隱瞞：「亨德森」(Henderson)先生曾爲軍情六處工作，並曾擔任加拿大高級專員。1980年11月，《私家偵探》雜誌透露，「亨德森」先生就是彼得·海曼爵士(Sir Peter Hayman)。從那時起，許多高級政客被指控爲活躍的戀童癖者，警方進行了多次調查，但固定的模式是，在收集證據並發表聲明後，高層當局要麼弄錯證據檔案，要麼決定不繼續起訴。

2014年3月，有證據表明 PIE 已從內政部獲得總計70,000英鎊的補助金，此前一名舉報人告訴警方，他在1980年親眼目睹了一項爲期三年的補助金續簽申請，金額爲35,000英鎊，這意味著1977年也曾發放過類似的補助金。

戴卓爾夫人背後的操盤人 - 勒賽爾組織 Le Cercle

Le Cercle是一個以行動爲導向的深層政府組織，1971-85年間由英國深層政治家布賴恩·克羅齊爾(Brian Crozier)擔任主席。有間接證據將這個高度保密的組織與數十億英鎊的軍火交易聯繫起來。它派了至少4名成員在1979年的「耶路撒冷國際恐怖主義會議」(Jerusalem Conference on International Terrorism, JCIT)上發言，會

議旨在發起全球的努力，以促進認識「恐怖主義」，甚至威脅要替代軍工國會綜合體(Military-industrial-congressional complex)。JCIT是「反恐戰爭」學說的發源地，反緩和運動的主要國際論壇。

耶路撒冷國際恐怖主義會議是「反恐戰爭」發展過程中具有開創性的事件。它由喬納森研究所於1979年7月2日至5日在以色列耶路撒冷希爾頓酒店舉行。大約有700名客人參加，幾乎都是以色列、英國和美國公民，但也有一些其他西歐人。隨後於1984年召開了廣為人知的華盛頓國際恐怖主義會議。

在1979年戴卓爾夫人(Margaret Thatcher)就職首相的兩個月前，戴卓爾夫人的政治導師以及政治策略家艾瑞‧尼夫(Airey Neave)在白金漢宮的停車場被愛爾蘭民族解放軍放置的汽車炸彈炸死，據報導，在英國情報機構談到「清理馬廄」(Cleaning the stables)之後，清理馬廄的解釋是清除所有反對提倡恐怖主義的聲音。

在布賴恩‧克羅齊爾的盾牌委員會(Shield)的工作下，應Le Cercle的要求，興高采烈的戴卓爾夫人宣佈她當選英國首相。在1970年代，戴卓爾夫人被深層政府選為台前領導人，首先她帶領英國保守黨，並在1979年大選勝利而令保守黨執政領導英國。她在1979年大選中的勝利是盾牌委員會成為政治關注的焦點，Shield是激進右翼活動人士和特工於1976年成立的一個秘密委員會，在聯合創始人布萊恩‧克羅齊爾在他的回憶錄中透露其存在之前，該派系

一直沒有公開曝光。洩露的文件詳細描述了在英國實現政權更迭的成功行動，表明 Le Cercle 是戴卓爾夫人選舉勝利的幕後黑手。

1980年代，「戴卓爾主義」被用來描述私有化和「放鬆管制」的政策，推進與由陰謀集團領導的朗奴·列根和喬治·布殊政府類似的經濟議程。戴卓爾政府在福克蘭群島戰爭之前絕對不受歡迎，但她連續3次贏得選舉。儘管她給1975年的彼爾德伯格留下了良好的印象，但她後來與他們鬧翻了，可能是因為她宣佈自己不願意用英鎊兌換歐元。戴卓爾夫人被報導參與了各種腐敗的軍火交易，將資金匯入保守黨中央辦公室。英國廣播公司被爆出購買了一份關於她的秘密內閣委員會名單，但從未公開報導這些資料。

在1980年代初期，英國深層政府指示軍情五處使用由丘吉爾二世的「通過自由爭取和平運動」等團體組織的「骯髒伎倆」，來對抗人氣飆升的核裁軍運動（Campaign for Nuclear Disarmament）。

1990年代在保守黨統治下十年幻滅後，東尼·貝理雅在1997年大選中當選掌權。貝理雅的深層政府聯繫在當時並不廣為人知。後來發現，預科學校的朋友比爾·加梅爾也是美國前總統喬治·布殊的密友，因為他的父親是布殊擁有的 Bush-Overbey 的投資者。正如西方媒體所說的那樣，貝理雅與布殊保持著「密切的關係」，即與陰謀集團的順從傀儡保持著「密切關係」。

踏入21世紀的反恐戰爭中，「反恐」行業從英國法律和社會前所未有的軍事化中獲益匪淺。英國的外國情報機構「軍情六處」與中央情報局和摩薩德的成員密切合作。正如愛德華·斯諾登（Edward Snowden）所宣稱的那樣，面對情報機構非法普遍監視的書面證據，公眾的冷漠和機構不作為有效地使這種做法正常化。2015年左右之後，英國深層政府一直在積極煽動俄羅斯恐懼症。

上帝的銀行家　羅伯托•卡爾維

這件死亡事件被描述為出自希治閣電影的場景：該男子的屍體懸掛在倫敦黑衣修士橋下鷹架上的橙色尼龍繩上。他穿著灰色西裝、白色背心和藍色條紋襯衫。他穿著鞋子和襪子，但沒有領帶或腰帶。凌晨1點52分，他手腕上的一隻名貴手錶停了下來，褲子裡塞滿了重達12磅的磚塊。

　　1982年6月18日早上，一位年輕的郵政職員在上班途中發現這恐怖的案件，他立即報警。檢查屍體的警員發現一個錢包，裡面裝著約13,000美元的各種貨幣，意大利里拉、奧地利先令、美元、瑞士法郎，以及一本寫有吉安•羅伯托•卡爾維尼(Gian Roberto Calvini)名字的護照。那本護照發現是偽造的，屍體很快就確認為62歲的卡爾維，他是意大利最大的私人銀行之一、總部位於米蘭的安布羅西亞諾銀行(Banco Ambrosiano)行長，與梵蒂岡的關係密切，以至於卡爾維有一個非正式的頭銜：「上帝的銀行家。」被發現前一周，他在意大利失蹤。那他是怎麼死在英國倫敦一座橋下的呢？卡爾維到底發生了什麼？謎團持續數十年，不僅涉及梵蒂岡，還涉及黑手黨、共濟會、英國特勤局和一小群被這個故事所吸引的陰謀論者。

一名男性死者，脖子上掛着繩子，繩子的另一頭拴在黑衣修士橋（Blackfriars Bridge）面下的鋼樑。

羅伯托·卡爾維（Roberto Calvi）（1920年4月13日－1982年6月17日）是一位意大利銀行家，因其與教廷的密切業務往來而被媒體稱爲「上帝的銀行家」（意大利文：Banchiere di Dio）。他是米蘭人，曾擔任安布羅西亞諾銀行董事長，該銀行因意大利最大的政治醜聞之一而倒閉。有人聲稱，導致卡爾維死亡的原因是梵蒂岡銀行，卽安布羅西亞諾銀行的主要股東；也有人說關乎黑手黨，他可能替黑幫利用銀行進行洗錢活動；也涉及教庭資產、地下黑市投資等，衆多事件跟同意大利P-2共濟會有關。多年來，阿爾維一直是意大利金融新聞的知名人物，特別是自1977年11月13日以來，當時米蘭一覺醒來，發現全城貼滿了指控卡爾維及安布羅西亞諾銀行存在違規行爲的橫幅。

沒有人能夠在意大利金融世界中不結交強大盟友的情況下成為最有權勢的私人銀行家，卡爾維也不例外。他的人脈網絡包括梵蒂岡高級神職人員、共濟會領導人和黑手黨有關人士。當卡爾維年僅27歲就加入安布羅西亞諾銀行任職時，該銀行還是一家規避風險的機構。該銀行成立於1896年，旨在提供符合基督教道德和信仰的信貸和銀行服務，甚至一度要求任何想要開戶存款的人首先提供洗禮證明。不過卡爾維有著將銀行國際化的雄心，當他於1975年晉升為行長時，他已帶領該銀行收購了瑞士銀行（Banca del Gottardo），並創立了多家離岸公司，例如盧森堡的安布羅夏銀行和巴哈馬的山南海外銀行。

　　透過他的角色，卡爾維與大主教保羅·馬辛庫斯建立了密切的聯繫，保羅·馬辛庫斯出生於芝加哥，是梵蒂岡宗教工作研究所（IOR）的主席，該研究所掌握著神父、主教、紅衣主教甚至教宗的銀行帳戶。馬辛庫斯是安布羅夏銀行的股東之一，他被視為教宗保祿六世的親密知己。1970年，他在菲律賓的一次持刀攻擊中幫助拯救了教宗。並非所有馬辛庫斯的關係都同樣受到祝福，他與金融家米歇爾·辛多納（Michele Sindona）有聯繫，辛多納曾為 IOR 提供有關資產和投資的建議，其中包括辛多納自己的聯合銀行（Banca Unione）的少數股權。Banca Unione 隨後與辛多納的另一家銀行 Banca Privata Italiana 合併，該銀行隨後於1974年被強制清算。

黑色修道士

　　據報道，當辛多納的帝國崩潰時，梵蒂岡損失了3000萬美元，

這位金融家因在1974年富蘭克林國家銀行倒閉中所扮演的角色，於1980年因陰謀和欺詐罪被關進美國聯邦監獄。（1986年，他在咖啡中摻入氰化物後死在監獄裡。）有傳言稱，辛多納下令懸掛這些1977年的橫幅，公開指責卡爾維的安布羅西亞諾銀行存在違規行為，這是在被拒絕提供資金來拯救瀕臨破產的銀行後的報復行為。1981年5月20日一個匿名的舉報引發到調查，而導致卡爾維最終被捕，當時與共濟會有關的醜聞不斷膨脹，意大利精英階層捲入了醜聞，並最終導致了總理政府的垮台。辛多納和卡爾維自20世紀60年代末以來就相識，並且都是共濟會分會 Propaganda Due（P-2）的成員，該分會的領導者是自稱法西斯的利西奧・傑利（Licio Gelli），他的目標是與國內外的共產主義勢力作戰，同時引發意大利憲政秩序的崩潰。在對辛多納進行大規模調查的過程中，在傑利的一處房產中發現一份包含近1,000名P-2成員的名單，據報道，他們自稱為「frati neri」，意思是「黑色修道士」，因為他們穿著黑色長袍參加會議。當這份名單被公開，涉及的人包括政府部長、立法者、法官、軍隊和警察部隊的高級成員、記者和商人（如未來的總理西爾維奧・貝盧斯科尼），在意大利產生了爆炸性影響。

這次事件讓卡爾維在職業生涯中第一次失去了政治保護。1981年他因非法貨幣交易而接受審判，該交易涉及價值5000萬美元的里拉外國交易，而這些交易並未按照法律規定通知意大利央行。他堅稱自己是無辜的，在等待審判期間，他試圖在監獄裡自殺。他的遺孀克拉拉・卡內蒂（Clara Canetti）後來將她丈夫的死歸咎於梵蒂岡，她說卡爾維告訴她：「這次審判被稱為IOR」，暗示非法交易是

爲了讓梵蒂岡帳戶受益。最後他被定罪，判處四年監禁。

　　卡爾維提出上訴，在等待新審判期間獲釋，回復他在安布羅西亞諾銀行的工作。但到了1982年6月，卡爾維已經時日無多了。安布羅西亞諾銀行允許在米蘭證劵交易所進行交易，以迫使該銀行變得更加透明，但在5月5日交易的第一天，該銀行的價值就損失了20%。意大利央行向卡爾維施壓，要求解釋該銀行九位數的債務。6月21日他的上訴聽證會日期即將到來。卡爾維需要幫助，決定直接向教宗若望保祿二世求助。在一封由卡爾維簽署、日期爲1982年6月5日的打字信中，這位銀行家告訴教宗，他是避免銀行崩潰以及梵蒂岡秘密洗錢活動被揭發，因此尋求救宗的幫助，這是卡爾維的「最後希望」。他總結了自己所參與的交易，似乎一直都在爲馬辛庫斯大主教消除麻煩，他提到「IOR現任和前任代表所犯錯誤的沉重負擔，包括辛多納的不當行爲。」他也強調自己在資助「東方和西方的政治宗教組織」以及「與梵蒂岡當局協商」協調拉丁美洲的金融實體方面發揮的作用，其目標是「打擊和遏制哲學馬克思主義意識形態」。

　　卡爾維告訴教宗，他已收到支持的提議，條件是他詳細說明「爲了教會的利益而進行的活動」。但是卡爾維補充說：「我不會被勒索，我也不會以勒索作爲回報；即使在最危險的時候，我始終對梵蒂岡忠誠！」導致安布羅西亞諾銀行倒閉的非法交易，只是卡爾維捲入的非法活動的冰山一角。調查人員後來發現，卡爾維的安布羅西亞諾銀行透過離岸子公司建立起複雜的借貸系統。從這些詐欺行爲中受益的是拉丁美洲的獨裁政權、波蘭的反蘇團結運動和黑手黨的海洛因交易。

梵蒂岡在安布羅西亞諾銀行最終崩潰中所扮演的具體角色仍然籠罩在神秘之中。管理梵蒂岡資金的馬辛庫斯一直否認有任何不當行為，儘管在發現了多份明顯支持梵蒂岡的「贊助信」後，他於1987年被意大利當局指控為該銀行倒閉中的「欺詐性破產的同謀」。離岸公司過去常常轉移安布羅西亞諾銀行的資金。馬辛庫斯從未面臨審判，因為意大利最高法院裁定，根據1929年《拉特蘭條約》的條款，IOR作為羅馬天主教會的一個實體，不屬於意大利當局的管轄範圍。

卡爾維神秘死亡

梵蒂岡表示教宗從未收到卡爾維的信，並將這封信描述為「一個因在其他地方簽訂的債務和不明確的財務交易而陷入困境的人所發表的聲明」。由於梵蒂岡沒有提供任何幫助，而且失去了P-2共濟會的保護，卡爾維只能利用另一種關係：弗拉維奧・卡爾博尼（Flavio Carboni）協助逃亡。卡爾博尼是一位人脈廣泛的撒丁島企業家，與羅馬的犯罪組織有聯繫，例如臭名昭著的犯罪組織「班達・德拉・馬利亞納」（Banda Della Magliana），以及西西里島的皮波・卡羅（Pippo Calò），這人被稱為黑手黨的出納員。在卡爾博尼的幫助下，護照早已被沒收的卡爾維失蹤了，逃離意大利，踏上了前往倫敦的曲折旅程。卡爾博尼多年後他因謀殺案而受到調查。卡爾博尼將這位銀行家介紹給他的同事西爾瓦諾・維托（Silvano Vittor），後者用船將卡爾維從的里雅斯特偷運到南斯拉夫，然後又乘汽車從南斯拉夫偷渡到奧地利。在奧地利靠近瑞士邊境的一個小鎮，卡爾維再前往因斯布魯克，在那裡登上了一架私人飛機飛往倫敦。卡爾

維剃掉了他標誌性的鬍子偽裝自己。據報道，整個旅程中，卡爾維隨身攜帶了一個黑色公文包，裡面裝滿了可能是犯罪証據的文件，這些文件後來失蹤了，大部分文件永遠無法找回。英國警方後來拘捕卡爾博尼，指控他將公事包賣給一名印度海關高級官員，後來無罪釋放。倫敦本來並不是旅程的最終目的地。

　　卡爾維顯然計劃橫渡大西洋。他的妻子已經搬到了華盛頓，他告訴在瑞士的女兒盡快去華盛頓。在他去世前一天與女兒的電話交談中，他告訴她：「一些非常重要的事情正在發生，今天和明天所有的地獄都會崩潰。」他是對的。6月17日該銀行董事會投票決定解除失蹤的卡爾維行長職務，並要求意大利央行提名一名專員處理其事務。在股價下跌30％後，該銀行在證券交易所的交易不得不暫停。人們發現銀行有大約14億美元的債務。同一天，卡爾維的長期私人

Roberto Calvi

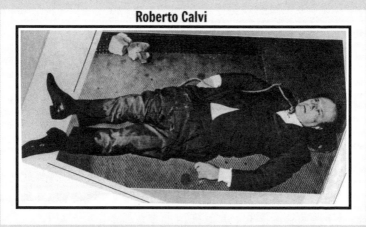

卡爾維的死是謀殺還是自殺？

秘書格拉齊埃拉·科羅徹(Graziella Corrocher)從銀行米蘭總部的窗戶墜落身亡，是自殺嗎!?據報道她留下了一張紙條，上面寫著：「願卡爾維因他給銀行及其所有員工造成的損害而受到雙重詛咒。」兩天後卡爾維的屍體在大約700英里外被發現。

1991年7月，黑手黨成員，後轉為告密者的弗朗切斯科·馬里諾·曼諾亞(Francesco Marino Mannoia)聲稱卡爾維被殺是因為他在銀行倒閉時失去了黑手黨資金。疑兇是居住在倫敦的黑手黨弗朗切斯科·迪卡洛(Francesco Di Carlo)。殺死卡爾維的命令來自黑手黨老大朱塞佩·卡洛和利西奧·傑利。1996年6月曼諾亞成為線人，他否認自己所做的罪行，但承認是為黑手黨老大卡洛做的，對他來說這只是一份工作。不過根據疑兇迪卡洛的說法，兇手是來自那不勒斯的文森佐·卡西略(Vincenzo Casillo)和塞爾吉奧·瓦卡里(Sergio Vaccari)，二人後來被殺，兇手不知所蹤。

2003年7月，意大利檢測官得結論，黑手黨的行為不只是為了自身利益，也是為了確保卡爾維無法勒索：「政治機構人物和共濟會、P-2會所和宗教工作協會的代表，他們投資了大筆資金，其中一些來自西西里島黑手黨(Cosa Nostra)和意大利公司」。

懸而未決

2005年7月19日，P-2共濟會會長里西奧·蓋利(Licio Gelli)收到通知，通知他正式接受調查，罪名是與朱塞佩·卡羅(Giuseppe Calò)一起下令殺害卡爾維。傑利被指控主導卡爾維的死亡，來懲

罰他挪用安布羅西亞諾銀行欠他和黑手黨的錢，黑手黨想阻止卡爾維將黑錢秘密洗去其他地方，但傑利完全否認，只承認這件謀殺案是在波蘭委託進行的。據稱卡爾維據稱應教宗約翰保羅二世的要求參與資助團結工會運動，稱代表梵蒂岡。不過在2005年10月開始的審判中，傑利的名字並沒有出現在最終起訴書中。

2005年10月5日，對被控謀殺卡爾維的五人審判在羅馬開始。被告知是朱塞佩·卡羅(Giuseppe Calò)、弗拉維奧·卡爾博尼(Flavio Carboni)、曼努埃拉·克萊因齊格(Manuela Kleinszig)、埃內斯托·迪奧塔萊維(Ernesto Diotallevi)和卡爾維的前任司機兼保鏢 西爾瓦諾·維托(Silvano Vittor)。審判在羅馬雷比亞監獄的一個特殊保護設置的法庭進行。

2007年6月6日，所有五個人都被法院控告謀殺了卡爾維。審裁的主審官馬里奧·盧西奧·德安德里亞(Mario Lucio d'Andria)在聽取了20個月的證據後，以「證據未足」為由，法院認定卡爾維的死是謀殺而非自殺。辯方表示，有很多人都參與謀殺卡爾維，包括梵蒂岡官員和想要確保他保持沉默的黑手黨人物。參加過審判的人員都都表示被害者已去世多年，案件發生在英國，檢察官發很難提出令人信的証據。檢方撤消對曼努埃拉·克萊因齊格的提控，稱沒有足夠的證據控告她，但要求對其餘四名男子判處無期徒刑。

幾十年裡，這個案件經歷了數番波折：卡爾維的家屬提出上訴，案件最終被英國法院改判為未決案，成了一椿懸案；卡爾維家

人聘請的美國和英國調查公司，都認定先前的兩次判決均存在嚴重證據漏洞；1998年也就是卡爾維離世16年後，他的家人獲批挖出他的屍體，交由米蘭的一家研究所進行徹底的屍檢，最終得出極複雜、但仍無定論的結果。直到2002年，羅馬的專家才通過當時最新的科技，復原了卡爾維的死亡狀態。又過了整整三年，警方才找到了足夠證據，對五個嫌疑人提出謀殺指控。這些嫌疑人裡，包括卡爾維所屬的共濟會秘密分會的前會長，以及卡爾維離世那天和他一起待在倫敦的弗拉維奧·卡爾伯尼。負責調查的偵探警司特雷弗史密斯(Trevor Smith)於2004年告訴《獨立報》，警方相信卡爾維是在泰晤士河沿岸的一艘船上被勒死的，然後被吊在腳手架上。「科學和醫學證據表明『不是自殺』。」英國和意大利當局都得出結論是黑手黨想將他致於死地，並策劃殺死卡爾維。

2005年10月6日，這場吸引了許多眼球的審判拉開序幕。不過，最終的審判結果出人意料：所有指控均被判不成立，嫌疑人全部無罪釋放。2007年他們都因缺乏證據而獲釋。2010年的上訴維持無罪釋放。不過裁決確認了卡爾維是被謀殺，但法官們無法判斷是誰做的，僅列出了所有可能的嫌疑犯：黑手黨、卡莫拉、P-2、梵蒂岡投資部門、意大利政客、意大利特勤人員，甚至英國特勤部門，因為卡爾維在福克蘭群島戰爭期間爲阿根廷政權提供了武器資助。2011年11月18日，終審法院最高法院確認無罪釋放。朱塞佩·卡洛仍在因其他涉及黑手黨的罪名服無期徒刑。2010年、2011年，意大利的兩家上訴法院繼續維持了無罪判決。一個檢察官對此評價道：「這個結果，是對卡爾維的二次謀殺。」

對卡爾維之死的第二次也是最後一次調查於2008年啟動，最終於2016年結束，調查涉及卡爾博尼、蓋利、意大利特工人員和卡莫拉黑幫。將罪犯繩之以法的障礙之一就是缺乏梵蒂岡的支持。與希治閣電影不同的是，這個謎團仍然令人沮喪地懸而未決。

卡爾維背後究竟有什麼秘密，以至於離世近30年都無法安息？要回答這個問題，需要知道梵蒂岡內部的權力和金錢版圖。在其背後是幾個世紀以來神職人員圍繞巨額財富開展的鬥爭。宗教理應是幫助人們潔淨心靈的地方，但現實卻是最藏污納穢最佳的地方。

意大利P-2共濟會

P-2被認為是意大利的秘密政府，起源可以追溯到1870年代。P-2有時被稱為「深層政府」或「影子政府」，捲入過許多意大利罪行和謎團。

兩次世界大戰結束後的意大利政治是一個非常混亂的譜系，由左派或右派、共產主義者或法西斯主義者或介於兩者之間的一些團體組成。然而，更令人著迷的是秘密社團的存在。其中一個比較知名的就是 Propaganda Due 或簡稱為 P-2，它的成員中有許多知名人士。

Propaganda Due(P-2)起源於共濟會會社，但在現實中運作得更深。它有著複雜的政治關係，被認為是意大利的秘密政府。戰後權力掌握在中右翼的基督民主黨和極左的共產主義者手中，而溫和的左翼社會主義者則扮演著中間人調停兩者間的矛盾。戰後法西斯主義和右翼處於休眠狀態，但尚未完全消失，只是在意大利社會中潛伏起來。雖然民主黨很強大，但他們依然無法擊敗左翼政黨。他們想阻止共產黨人控制政府的席位，這就是為甚麼他們讓左傾偏右的社會主義者成為他們的伙伴。與此同時，新法西斯主義者反對共產主義者，並在意大利基督民主黨、社會主義

者和法西斯主義者之間製造「利益交匯點」。向公眾隱藏這種三者之間的融合是很重要的，而 Propaganda Due 就是這樣一個極右的利益集團和地下組織。

P-2的起源可以追溯到1870年代，意大利王國成立之後。教宗庇護九世是王國統一的最大輸家，他失去了大部分領土，只能從國家那裡獲得津貼。他否認王國的合法性，並把為王國服務的任何人逐出教會，包括國王。他譴責意大利國家是「革命」的產物，並將其歸咎於共濟會。教宗也沒有錯，共濟會的確是想控制全國。大東方會社（ Grand Orient Lodge ）控制著意大利共濟會。它與革命政治和反教權主義有關，教宗克萊門特十二世於1738年頒佈了第一項反對共濟會的教宗法令，在他之後至少有七位教宗也是如此。事實上庇護九世本人在1846年至1873年間至少對兄弟會發出了六次譴責。

意大利共濟會教父朱塞佩·馬志尼(Giuseppe Mazzini)也是意大利統一的真正教父。馬志尼一生中的大部分時間都是陰謀家和秘密社團的傑出人物，他不願接受意大利君主制。他提議成立秘密會所，掩蓋共濟會在意大利政治中的作用。其中一間名為 Propaganda Massonica 的會社成立於1876年左右，被稱為 Propaganda Uno。然而，墨索里尼在1925年下達禁止共濟會的命令，意大利共濟會在接下來的20年裏一直在地下運作。然後在1947年新憲法取締了秘密組織，P-2被改組為一個普通的會所；但在很大程度上，它只是處於休眠狀態，直到1960年代後期，P-2參與了推翻政府的陰謀。

轉變爲秘密組織

這始於1960年代初的左翼抗議和勞工騷亂，並在1969年火熱之秋(Autunno Caldo)達到頂峰。(1969-1970年的火熱之秋是指意大利北部工廠和工業中心發生的一系列大規模罷工，工人們要求漲薪和更好的工作條件。在1969年到1970年期間，該地區發生了超過440個小時的罷工。)在對共產黨人進行了多次謀殺性爆炸之後，緊張局勢升級。到了1970年12月發生了一場名爲Golpe Borghese的全面政變。P-2是意大利大東方旗下的共濟會會社，成立於1877年。其共濟會憲章於1976年被撤銷並轉變爲秘密的組織、它的運作違反了意大利憲法第18條禁止秘密結社的規定。在其後期該會社由金融家里西奧·蓋利(Licio Gelli)領導，P-2捲入了許多意大利罪行和謎團：包括教廷附屬銀行安布羅西亞諾銀行的倒閉、記者米諾·佩科雷利和銀行家羅伯托·卡爾維被謀殺，以及腐敗全國賄賂醜聞Tangentopoli的案件。P-2通過對Michele Sindona金融帝國崩潰的調查而曝光。

意大利金融家里西奧·蓋利

201

P-2有時被稱爲「深層政府」或「影子政府」。該會社的成員中有著名的記者、議員、實業家和軍事領導人，包括後來成爲意大利總理的西爾維奧．貝盧斯科尼；薩伏依意大利王位的覬覦者維克多．伊曼紐爾（Vittorio Euele）；以及所有三個意大利情報部門的負責人（當時是SISDE、SISMI和CESIS）。1982年，警方搜查蓋利的別墅時，發現了一份題爲《民主重生計劃》的文件，其中要求整頓媒體，鎮壓工會，改寫意大利憲法。在意大利以外，P-2在烏拉圭、巴西和阿根廷也很活躍。其阿根廷成員包括勞爾．阿爾貝托．拉斯蒂裡（Raúl Alberto Lastiri），他在自封的「阿根廷革命」獨裁統治（1966-1973）結束後曾短暫擔任該國臨時總統；埃米利奧．馬塞拉（Emilio Massera），在阿根廷最後一次民事軍事獨裁統治期間（1976-1983年），他是豪爾赫．拉斐爾．維德拉領導的軍政府的一員；何塞．洛佩斯．雷加（José López Rega），曾任社會福利部長（1973-1975）和準軍事組織阿根廷反共聯盟（AAA）的創始人。

意大利議會調查委員會對意大利共濟會「Propaganda Due」（P-2）所著的「Piano di rinascita Democratica」的官方抄錄：Propaganda Due於1877年在都靈成立，當時名爲Propaganda Massonica。來自意大利各地的政治家和政府官員經常參加這個會社，其中包括皮埃蒙特貴族的傑出成員。在其歷史上，該會社包括重要的意大利人物，如詩人焦蘇埃．卡爾杜奇（Giosuè Carducci）、政治家弗朗西斯科．克里斯皮（Francesco Crispi）和阿圖羅．拉布里歐拉（Arturo Labriola）。Propaganda Massonica 於1925年與所有其他共濟會會所和秘密社團一起被法西斯政權禁止。第二次世界大戰結束後，共濟會再

次合法化，會社進行了改革。當意大利大東方對其會社進行編號時，該名稱被更改爲 Propaganda Due。到1960年代，會社轉趨不活躍，幾乎沒有舉行會議。這家最初的會社與里西奧‧蓋利（ Licio Gelli ）於1966年成立的那個會社沒有什麼關係，兩年後成爲共濟會成員。

《Propaganda Due》以意大利議會進行的深入調查爲基礎，一步步揭示了銀行家、官員、情報部門、軍隊、遊擊隊、黑手黨和伊斯蘭恐怖組織之間複雜的聯繫情節。

冷戰期間，意大利復興運動下自由思想的共濟會傳統轉變爲狂熱的反共產主義。1960年代末，政治左派的影響力越來越大，讓意大利共濟會深感憂慮。1971年，意大利大東方會所（意大利最大的共濟會會所之一）的大師利諾‧薩爾維尼（Lino Salvini）分配給里西奧‧蓋利重組會所的任務。蓋利列出了一份「沉睡的成員」名單，那些是不再受邀參加共濟會儀式的成員，因爲意大利共濟會受到基督教民主黨通過政黨Pentapartito掌權的嚴密審查。通過這些最初的聯繫，蓋利能夠將他的網絡擴展到整個意大利機構的梯隊。

意大利大東方共濟會於1976年正式驅逐了里西奧‧蓋利和P-2會。1974年意大利大東方共濟會提出將P-2從會社名單中刪除，該動議以壓倒性多數通過。次年會社大師簽發了新P-2的令狀。似乎1976年的大東方只是應蓋利的要求暫停了會社，而不是實際驅逐P-2。兩年後，蓋利被發現積極參與大東方的國家事務，爲新的宗師選舉提供資金。1981年，共濟會法庭裁定1974年的投票確實意味著該會社實際上已不復存在，因此自那時以來，蓋利的會所（在共濟會和政治上）都是非法的。

一個國家的政治生態受到污染

1977 年，P-2 控制了意大利的主要報紙《Corriere della Sera》。當時，該報遇到了財務困難，無法向銀行貸款，因爲當時的編輯皮耶羅‧奧託內（Piero Ottone）被認爲對執政的基督教民主黨懷有敵意。Corriere 的所有者 Rizzoli 出版社與蓋利達成協議。他用大主教保羅‧馬辛庫斯（Paul Marcinkus）指揮的梵蒂岡銀行的資金提

供了這筆錢。Ottone被解僱，該報的編輯路線向右移動。

1980年，該報刊登了對蓋利的長篇探訪。探訪由電視脫口秀主持人毛里齊奧‧科斯坦佐(Maurizio Costanzo)進行，他也將被曝光為P-2的成員。蓋利說他贊成將意大利憲法改寫為戴高樂式的總統制。當被問及他一直想成為什麼時，他回答說：「木偶大師」。

安布羅西亞諾銀行爆發醜聞，在Banco Ambrosiano(米蘭的主要銀行之一，部分歸梵蒂岡銀行所有)倒閉以及 1982 年其總裁羅伯托‧卡爾維(Roberto Calvi)在倫敦離奇死亡後，P-2成為了關注的目標。卡爾維最初裁定自殺，但後來被以謀殺罪起訴。調查記者懷疑銀行的資金被掠奪，而流向了P-2成員中。

1981年發現的其中一份文件是關於位於盧加諾(瑞士)的瑞士聯合銀行的一個編號銀行賬戶，即所謂的「Protezione賬戶」。它詳細說明了埃尼公司總裁弗洛里奧‧菲奧里尼(Florio Fiorini)通過羅伯托‧卡爾維代表1983年至1987年的社會主義總理貝蒂諾‧克拉西(Bettino Craxi)向意大利社會黨(PSI)領導人克勞迪奧‧馬爾泰利(Claudio Martelli)支付了700萬美元。12年後，即1993年，在 mani pulite (意大利語為「乾淨的手」)調查政治腐敗期間，支付的全部金額才變得清晰。據稱，這筆錢是社會黨領導人為救助陷入困境的安布羅西亞諾銀行而組織的貸款的回扣。自從對P-2陰謀的調查開始以來，有關司法部長Martelli與該帳戶有關的謠言就一直在流傳。他總是斷然否認。得知正式調查已經展開，他辭去了部長職

務。以安塞爾米爲首的議會調查委員會得出結論，P-2會社是一個秘密犯罪組織。有關秘密國際關係的指控，主要是與阿根廷（蓋利多次暗示他是胡安·貝隆的密友）以及與一些涉嫌與美國中央情報局有關聯的人的指控，也得到部分證實。很快，一場政治辯論超越了法律層面的分析。多數報告稱，P-2行動導致「一個國家的政治生態受到污染。它旨在改變國家機構的正確運作，通常是決定性的，根據一個項目……旨在破壞我們的民主。」

儘管1925年法西斯獨裁者墨索里尼將共濟會取締，但自二戰結束以來，共濟會在意大利一直受到容忍，並且對其活動和成員相當開放。甚至政府頒佈了一項禁止秘密會社的特別法律，秘密會社的地點、會議日期和會議內容是秘密的，不會被公開。例如蓋利的P-2。意大利大東方會社（Grande Oriente d'Italia）在對與P-2有聯繫的成員採取紀律處分後，與蓋利的會社保持距離。其他法律禁止某些類別的國家官員（尤其是軍官）加入所謂的秘密組織。這些法律最近受到了歐洲人權法院質疑。在一名現役英國海軍軍官提起訴訟之後，歐洲法院已將任何試圖禁止共濟會軍官加入共濟會的成員國視爲侵犯其人權的先例。

1981年3月17日，在托斯卡納的阿雷佐鎮，在他的鄉間別墅中發現了一份由里西奧·蓋利撰寫的名單。1981年5月21日，意大利政府公佈了這份名單。以蒂娜·安塞爾米爲首的議會調查委員會認爲這份名單可靠和眞實。據傳是秘密共濟會組織 Propaganda Due /

P-2 的成員，該名單包含962個名字。不過據稱至少有1,000個名字可能仍然是秘密，沒有被公開，因爲名單上的會員編號有1600，這表明這是不完整的名單。該名單包括所有特工部門負責人、195名不同武裝部隊的軍官(12名憲兵將軍、5名金融警察Guardia di Finanza、22名陸軍、4名空軍和8名海軍上將)，以及44名議員、3名部長和1名政黨秘書、主要地方法官、一些省長和警察、銀行家和商人、公務員、記者和廣播員的負責人。包括一名高級官員Banco di Roma是當時意大利第三大銀行，也是該國最大銀行 Banca Nazionale del Lavoro(BNL)的前任總幹事。未來的意大利總理貝盧斯科尼也在名單上，儘管當時他尚未進入政壇。隨後他被稱爲「Canale 5」電視頻道的創始人和擁有者，並被列爲P-2成員。很明顯蓋利在最高層有朋友，並且他自己就是P-2的控制人。他稱他們爲 Frati Neri 或布萊克兄弟。蓋利於1963年被招募到意大利大東方會社。

新法西斯智囊團

里西奧·蓋利出生於1919年，在墨索里尼的法西斯政權下長大。他於1938年加入法西斯黨，並在西班牙內戰中擔任黑衫軍志願者。蓋利在二戰期間與德國軍隊和黨衛軍合作。戰後他繼續支持法西斯。蓋利後來接觸了朱尼奧·博爾蓋塞王子等人。他們一起成爲了復興的法西斯政黨意大利社會運動(Movimento Sociale Italiano)的一部分，該黨在1956年分裂爲一個名爲新秩序(Ordine Nuovo)的右翼激進組織，蓋利也加入了該組織。1960年，他還從新秩序Ordine Nuovo中成立了一個名爲國家先鋒隊(Avanguardia Nazionale)的秘密社團，用來對左翼分子進行武力襲擊。意大利社會運動、新秩

序和國家先鋒隊，都是眞正的法西斯團體，相互聯繫緊密。雖然意大利社會運動是一個群衆政黨，但新秩序是一個新法西斯智囊團。三個組織看似是獨立的實體，三者之間互相否認從屬關係，不過三個組織衆多事件的配合一直存在疑點。這些懷疑在1963年12月成爲現實，當時里西奧‧蓋利被引入羅馬的共濟會會所，並被置於意大利大東方會社的管轄之下。政治家和社會主義者利諾‧薩爾維尼（Lino Salvini）贊助他成爲會員，後者很快成爲意大利大東方的大師。儘管蓋利是法西斯主義者，但他們對秘密社團的忠誠勝過他們的政治分歧。1966年成爲共濟會大師後，薩爾維尼招募了蓋利來重振幾乎倒閉的 P-2 會社。蓋利隨後開始招募新成員，他的政治影響力從始發揮作用。蓋利與意大利最高層的政治圈有很大的聯繫，主要與其他法西斯領導人如朱尼奧‧博爾蓋塞（Junio Valerio Borghese）和斯特凡諾‧戴爾‧基亞埃（Stefano Delle Chiaie）有聯繫。

由基督教民主黨的蒂娜‧安塞爾米（Tina Anselmi）所領導的議會委員會沒有發現任何犯罪證據，但意大利議會於1981年通過了一項禁止意大利秘密結社的法律。1981年10月31日蓋利被共濟會開除，P-2醜聞導致Arnaldo Forlani內閣於1981年6月垮台。鑑於其成員在公衆中的知名度，P-2會社在意大利擁有極大的秘密權力，甚至直到現在依然非常強大。今天意大利的幾位名人[從頂級電視主播毛里齊奧‧科斯坦佐（Maurizio Costanzo）開始]都與 P2 有聯繫。其中，米歇爾‧辛多納（Michele Sindona）是一位與黑手黨有著明顯聯繫的銀行家，他與P-2有著明顯的聯繫。1972年辛多納購買了長島富蘭克林國家銀行的控股權。兩年後銀行倒閉了。1980年「神秘的米

歇爾」在美國被定罪，被引渡到意大利。兩年後，他在服無期徒刑期間在牢房內中毒身亡。

　　而蓋利在米歇爾死亡事件後逃亡，過程中逃至瑞士，並於1982年9月13日在日內瓦試圖提取數千萬美元時被捕。他被關在日內瓦附近的監獄中，但是他成功越獄逃往南美。1984年豪爾赫‧巴爾加斯（Jorge Vargas）擔任智利民族聯盟（UNACH，智利民族主義聯盟，一個短命的國家社會主義政黨）秘書長，也是民族工團革命運動

真正的家族在幕後透過宗教、金融、財產、土地以及透過控制和操縱世界市場來控制世界，他們是黑色貴族／教宗血統。

209

（Movimiento Revolucionario Nacional Sindicalista）的前成員），向傳媒宣稱蓋利當時在皮諾切特的智利。1984年，意大利議會調查P-2的委員會的最終報告確定，P-2受到更高級別的秘密會社的命令行事，而里西奧·蓋利實際上並不是P-2的真正領導者，他只是執行更高幕後決策者的命令。不過報告稱委員會無法確定這個更高的決策者究竟是誰或什麼組織。P-2解散後，一些高級成員繼續他們的秘密活動。1986年2月25日，蓋利向當時美國的副總統喬治 H. W. 布殊的親密夥伴 Philip Guarino 發送了一封電報。它說：請告訴我們的朋友布殊，瑞典的棕櫚樹將會被砍倒。三天後瑞典首相奧洛夫·帕爾梅遇刺身亡。調查於2020年結束，但從未將任何人定罪。

阻止透露銀行如何被用來洗錢

最終1987年蓋利乘坐律師馬克·博南特（Marc Bonnant）的車秘密返回瑞士，並在日內瓦向調查法官讓·皮埃爾·特雷布利（Jean-Pierre Trembley）自首。他因與1982年安布羅西亞諾銀行倒閉有關而被通緝，並被指控與1980年博洛尼亞火車站爆炸案有關的顛覆罪，該爆炸案造成85人死亡。他在瑞士被判處兩個月監禁，佛羅倫薩的一家意大利法院於1987年12月15日缺席判處他八年監禁，罪名是資助20世紀70年代的托卡卡納右翼恐怖活動。蓋利因非法從意大利出口資金而被聖雷莫法院缺席判處14個月監禁。瑞士最終同意將他引渡到意大利，但只是以安布羅西亞諾銀行倒閉引發的財務指控為由。1988年2月，蓋利被引渡到意大利，需要高級安全設備，包括100名神槍手、誘餌車、一列火車、路障和兩輛裝甲車。1988年7月他被博洛尼亞法院免除了顛覆罪名，但因誹謗罪被判處五年徒刑，

因爲他偏離了對1980年博洛尼亞火車站爆炸案的調查。然而,與他的引渡有關的規定阻止他服刑。兩年後,上訴法院駁回了蓋利的誹謗罪判決。1993年10月下令重審。

1992年蓋利因1982年安布羅西亞諾銀行倒閉而被判犯有欺詐罪,被判處18年6個月的監禁。安布羅西亞諾銀行的主要股東梵蒂岡宗教事務銀行(Istituto per le Opere di Religione)因而出現了2.5億美元的「黑洞」。上訴法院將刑期減至12年。1992年,P-2共濟會分會的16名成員也開始受審,罪名包括陰謀危害國家、間諜活動和洩漏國家機密。1994年4月,蓋利因洩露國家機密和誹謗而被判處17年徒刑,而法院則駁回了P-2成員密謀反國家的指控;蓋利減刑,兩年後被軟禁。1998年4月,最高法院確認了對布羅西亞諾銀行倒閉的12年徒刑。1998年5月,蓋利在入獄前夕失蹤,當時他被軟禁在阿雷佐附近的豪宅中。他的失蹤被懷疑是受到預先警告的結果。最後他在法國里維埃拉的康城被捕。右翼反對派(北方聯盟和前基督教民主黨分裂團體基民盟-基民盟)針對司法部長喬瓦尼·瑪麗亞·弗利克和內政部長喬治·納波利塔諾提出了兩項不信任動議,稱蓋利得益於幫助他逃跑的同夥。他們還提到了秘密談判,這將使他能夠在不入獄的情況下重新出現。但兩位部長贏得了信任投票。

警方在蓋利的別墅裡發現了價值200萬美元的金錠。安布羅西亞諾醜聞幾年後,許多嫌疑人將矛頭指向了蓋利,稱他可能參與了米蘭銀行家羅伯托·卡爾維的謀殺案,羅伯托·卡爾維也被稱爲「上帝的銀行家」,在安布羅西亞諾銀行倒閉後入獄。2005年7月19日,蓋

利因謀殺羅伯托‧卡爾維，與前黑手黨老大朱塞佩‧卡羅(Giuseppe Calò)、商人埃內斯托‧迪奧塔萊維(Ernesto Diotallevi)和弗拉維奧‧卡爾博尼(Flavio Carboni)以及後者的女友曼努埃拉‧克萊因齊格(Manuela Kleinszig)被羅馬地方法官正式起訴。蓋利在法庭上的聲明中指出與卡爾維資助波蘭團結運動有關的人，據稱是代表梵蒂岡。他被指控煽動卡爾維死亡，以懲罰他挪用欠他和黑手黨的錢財。黑手黨還希望阻止卡爾維透露該銀行是如何被用來洗錢的。然而，在2005年10月開始的審判中，蓋利的名字並未出現在最終起訴書中，其他被告最終因「證據不足」而被無罪釋放，儘管在2007年6月法院宣佈無罪釋放時，羅馬檢察官辦公室已展開第二次調查，涉及蓋利等人。2009年5月，針對蓋利的案件被撤銷。治安法官表示，沒有足夠的證據證明蓋利在犯罪的策劃和執行中發揮了作用。蓋利與阿爾多‧莫羅的謀殺案有牽連，起因是被指控疏忽職守的意大利情報局長皮杜斯塔亦是P-2成員。

1996年蓋利被提名爲諾貝爾文學獎候選人，得到德蘭修女和納吉布‧馬哈福茲的支持。2003年蓋利告訴《共和報》，西爾維奧‧貝盧斯科尼似乎正在實施P-2「民主重生計劃」：每天早上我都會對自己的良心說話，對話讓我平靜下來。我看著這個國家，讀著報紙，心想：「一切都在一點一點、一點一滴地變成現實。說實話，我應該擁有它的版權。司法、電視、公共秩序。我寫了關於這三十年前……貝盧斯科尼是一個非凡的人，一個行動的人。這就是意大利需要的：不是一個空談的人，而是一個行動的人。」關於貝盧斯科尼的司

法系統改革計劃，他吹噓說這是他最初計劃的一個組成部分。他也批准了貝盧斯科尼對電視網絡的重組。

2015年12月15日，蓋利在托斯卡納阿雷佐去世，享年96歲。他去世後，公佈了一份親筆簽名的遺囑，其中他指定羅馬尼亞將軍巴爾托洛梅烏·康斯坦丁·薩沃尤（Bartolomeu Constantin Săvoiu）爲他唯一的「精神繼承人」。

CHAPTER 4

全球佈局

—— The Great Reset大重構的前因後果 ——

大重構是深層政府和權貴為建立新世界秩序而策劃的陰謀。大重構將廢除大多數人的財產權，以及個人和國家主權，並抹去個人自由。它利用Covid-19和氣候變化為藉口，使用永無止境的封鎖、實驗性疫苗和各種疫情來監視來人類。

　　據《紐約時報》和反誹謗聯盟稱，大重構所講的陰謀沒有事實依據。但是大重構的宣傳告知民眾說他們的推論是良性的，旨在於資本主義重置的基礎上實現「更公平、更環保的未來」。與此同時《時代雜誌》專門為大重構刊出一篇文章，稱讚它是解決疫情後社會所有問題的方法。世界經濟論壇WEF創始人兼執行主席克勞斯·施瓦布（Klaus Schwab）表示，大重構只是試圖解決新冠危機所暴露的資本主義弱點，以及未經緩解的氣候變化帶來的迫在眉睫的災難和環境惡化。如果這就是世界經濟論壇網站上的許多文件所聲稱的，那麼為什麼大重構被形容為一個巨大的左翼陰謀，目的是建立一個極權主義的單一世界政府？我並不是說真相介於否認和陰謀之間。相反，我想根據我所理解和被打壓的訊息，嘗試解釋大重構的含義。這個偉大的重構意識形態如何？假設我們回到2014年，全球一體化的概念已被民眾所接受，民眾對世界經濟進行技術官僚大重構的想法已潛移默化，但它只有在整個地球都被「大流行」震撼時才正式真

實地顯露出來。

　　世界經濟論壇的創始人克勞斯‧施瓦布，試圖通過新世界秩序的大重構來推銷對全球烏托邦的願景：宣佈打算通過全球治理改造社會的每一個層面，並不斷重複這個訊息。當他不能認同世界的和平現狀時，他就利用模擬虛假的各種危機場景，展示這個世界需要大重構的原因。如果虛假的「大流行」情景沒有足夠的說服力，他們總是向民衆說請等待幾個月，等待眞正的全球危機發生，然後重複第一步。我們現在被這種恐懼圍繞四周，各種地球危機四伏，末日好像迫在眉切。施瓦布和達沃斯精英花了大約六年的時間來建構他們的「大重構」意識形態，從2014年的一顆小小的瑞士種子，成長爲2023年向全球擴散的超級變異花朵，像電影《天外奪命花》般不知不覺地控制每一個人。當所謂的「大重構」承諾提出來了，如果地球上的每個人都同意「共同迅速採取行動，改造我們社會和經濟的各個方面，從教育到社會契約和工作條件」，「那麼一個更安全、更平等和更穩定的世界」。但是如果沒有全球危機，無論是人爲的還是不幸的偶然事件，都無法實現新世界秩序計劃。不幸地，一種危機徹底震驚了社會。「最終，結果是悲慘的：歷史上最災難性的『大流行』，導致『百萬』死亡、經濟崩潰和社會動盪」。

　　在2014年呼籲大重構之後，達沃斯的精英反複重提這種意識形態，然後逐步轉向模擬虛假的「大流行」情景。在世界經濟論壇確定沒有人準備好應對冠狀病毒「大流行」幾個月後，世界衛生組織宣佈存在冠狀病毒「大流行」。突然間！世界經濟論壇已經培育了六年的大

重構的劇本，在「新常態」陣營中找到了一個立足點。施瓦布於2020年6月3日宣佈：「『大流行病』代表了一個難得但狹窄的機會窗口，可以反思、重新想像和重置我們的世界，以創造一個更健康、更公平和更繁榮的未來。」這就是我們今天所面對的環境。達沃斯的精英們多年前就曾表示，他們希望對全球經濟進行重構，他們扮演了如果發生「大流行」會發生什麼？現在他們說大重構意識形態是「大流行」的解決方案，必須迅速實施。大重構是達到控制民眾目的的一種手段。議程的下一個目標是在未經選舉產生的技術官僚政權下徹底改造社會，他們希望自上而下決定世界的運行方式，利用侵入性技術來追蹤你的一舉一動，同時審查和壓制任何膽敢不遵守的人。

施瓦布和他的世界經濟論壇貢獻者的主張、世界經濟論壇的伙伴關係、美國和世界各地的發展，以及可以從提案及實施中合理得出的影響。在這個過程中，大重構的想法是如何產生「陰謀論」的？好像是世人自發的。在解釋大重構的主要組成部分之前，先了解一下這想法及其發展的歷史。儘管其哲學根源可能更深，但大重構可以追溯到1971年作爲歐洲管理論壇的世界經濟論壇的成立。那時候克勞斯·施瓦布出版了他的第一本書《機械工程中的現代企業管理》，用他的母語德語寫成。在這裡，施瓦布首先介紹了他後來稱之爲「利益相關者資本主義」的東西，正如世界經濟論壇網站所指出的那樣，「現代企業的經營管理不僅要爲股東服務，而且還要爲所有利益相關者服務，才能實現長期的發展和繁榮。」從那以後，施瓦布和世界經濟論壇一直在推廣多利益相關方的概念。世界經濟論壇WEF是全球政府、企業、非政府組織（NGO）、民間社會組織和國際治理機構所

採用的利益相關者和公私伙伴關係言論和政策的來源。公私合作夥伴關係在應對疫情危機中發揮了關鍵作用，並有助於應對所謂的氣候變化危機。

大重構議程時間表

以下是大重構議程的事件簡明時間表，該議程從 2014 年的「希望」到2020年被跨國企業、銀行家、媒體和世界各國元首吹捧的全球主義意識形態。

2014-2017施瓦布呼籲進行大重構，世界經濟論壇重申信息在2014年瑞士達沃斯會議之前，施瓦布宣佈他希望世界經濟論壇能夠推動全球經濟的重置按鈕。世界經濟論壇將繼續重複這一信息多年⋯⋯

2014年至2017年，世界經濟論壇每年都呼籲重塑、重啟、重啟、重構全球秩序，每一次都旨在解決各種「危機」。

2014年：世界經濟論壇年會上，施瓦布宣佈：「我們今年想要在達沃斯做的⋯⋯就是按下重置按鈕。」他指的是「新自由主義」資本主義世界經濟體系上的一個假想的重置按鈕。重置按鈕的圖形描述稍後將出現在 WEF 的網站上⋯⋯

2015年：WEF與VOX EU合作發表文章，題爲「我們需要推動全球經濟重啟」。

2016 年：世界經濟論壇召開「如何重啟全球經濟」小組討論會。

2017年：世界經濟論壇發表了題爲《我們需要重置全球操作系統以實現聯合國(UN)的SDGs[可持續發展目標]》的論文。接下來，世界經濟論壇組織了兩次出乎意料地期待「大流行病」，這成爲了Great Reset 大重構項目的主要計劃來源。

然後在2018年，達沃斯的精英們轉而模擬虛假的「大流行」情景，看看世界在面對不同的危機時準備得如何。

2018-2019年：世界經濟論壇、約翰霍普金斯和蓋茨基金會模擬假「大流行」

2018年5月15日，約翰霍普金斯健康安全中心與世界經濟論壇合作舉辦了 Clade X 大流行演習。Clade X 演習包括由演員飾演虛假「大流行」的新聞報導的模擬視頻片段。這場演習還包括與眞實決策者的討論小組，他們評估政府和行業沒有爲虛構的全球「大流行」做好充分準備。世界經濟論壇關於 Clade X 的一份報告稱：「最終結果是悲慘的：歷史上最災難性的『大流行病』，造成數億人死亡、經濟崩潰和社會動盪。」

「『大流行病』帶來了重大的未解決的全球脆弱性和國際體系挑戰，需要新的強而有力的公私合作形式來解決」。然後在2019年10月18日，世界經濟論壇與約翰霍普金斯大學和比爾及梅琳達蓋茨基

金會合作舉辦了「事件201」（Event 201）。蓋茨強調需要「阻止傳播」。

涵蓋的場景

從那時起，Clade X 和 Event 201 模擬中涵蓋的幾乎所有場景都開始發揮作用，包括：

1.各國政府在全球範圍內實施封鎖。

2.很多行業倒閉。

3.政府和公民之間日益增長的不信任。

4.更多地採用生物識別監控技術。

5.以打擊錯誤信息為名的社交媒體審查。

6.渴望用「權威」來源淹沒溝通渠道。

7.全球缺乏個人防護設備。

8.國際供應鏈的崩潰。

9.大規模失業。

10.街頭騷亂。

當然還有更多……！

在真正的冠狀病毒危機的兩年內，他們模擬了兩次虛假的「大流行」。「政府將需要與傳統和社交媒體公司合作，研究和開發應對錯誤信息的靈活方法」。

約翰霍普金斯大學健康安全中心於2020年1月24日發表了一份

公開聲明，明確指出事件201並不是爲了預測未來。「需要明確的是，衛生安全中心和合作夥伴在我們的桌面演習期間沒有做出預測。

對於該場景，我們模擬了一種虛構的冠狀病毒『大流行』，但我們明確表示這不是預測。相反，該演習旨在強調在非常嚴重的『大流行』中可能出現的準備和應對挑戰。」無論有意與否，事件201「強調」了「大流行」的「虛構」挑戰，以及與在邪惡的「新常態」中建立陣營的大重置議程齊頭並進的建議。「下一次嚴重的『大流行病』不僅會導致嚴重的疾病和生命損失，還可能引發重大的經濟和社會後果，從而極大地加劇全球影響和痛苦」。

2019年10月，世界經濟論壇不可思議的先見之明再次展現出來，只不過這次更加精確。與比爾和梅琳達蓋茨基金會一起，世界經濟論壇與約翰霍普金斯大學合作舉辦了另一場「大流行」演習，稱爲Event 201。Event 201模擬了國際社會對新型冠狀病毒爆發的反應，在Covid-19爆發成爲國際新聞之前兩個月，在世界衛生組織 WHO 宣佈Covid-19爲「大流行」之前五個月。

約翰霍普金斯大學健康安全中心對演習的總結與 Covid-19 的實際情況非常相似，包括對所謂的無症狀傳播的明顯預知：

Event 201模擬了一種新型人畜共患冠狀病毒的爆發，這種冠狀病毒從蝙蝠傳播到豬到人，最終變得可以在人與人之間有效傳播，

從而導致嚴重的「大流行」。

約翰霍普金斯健康安全中心、世界經濟論壇

比爾和梅琳達蓋茨基金會提交了七項建議，供政府、國際組織和全球企業在發生「大流行」時遵循。Event 201的建議呼籲公共部門和私營部門之間加強合作，同時強調與非選舉產生的全球機構建立夥伴關係的重要性，例如，世界衛生組織、世界銀行、國際貨幣基金組織、國際航空運輸組織……進行集中響應。

其中一項建議呼籲政府與社交媒體公司和新聞機構合作，審查內容並控制信息流。「媒體公司應承諾確保權威信息被優先考慮，虛假信息被壓制，包括通過技術的使用」。

據報導，「各國政府將需要與傳統和社交媒體公司合作，研究和開發應對錯誤信息的靈活方法。」國家公共衛生機構應與世衛組織密切合作，建立快速開發和發佈一致健康信息的能力。「就媒體公司而言，他們應該承諾確保權威信息被優先考慮，虛假信息被壓制，包括通過技術的使用。」

聽起來有點熟…？在整個2020年，社交媒體一直在審查、壓制和標記任何與冠狀病毒相關的信息，這些信息違反了世衛組織的政策建議，正如 Event 201 所建議的那樣。大型科技公司也在2020年美國總統大選期間部署了相同的內容壓制策略，對質疑選舉完整

性的內容提出「有爭議」的主張也會被壓制。2020年，世界經濟論壇宣佈「現在是大重構的時候了」，CLADE X 和 Event 201 模擬幾乎預測了疫情危機的每一種可能性，特別是政府、衛生機構、傳統媒體、社交媒體和公衆的反應。應對措施及其影響包括全球範圍內的封鎖、企業和行業的倒閉、生物識別監控技術的採用、強調社交媒體審查以打擊「錯誤信息」和「虛假信息」、社交媒體和傳統媒體充斥著「權威來源」，廣泛的騷亂和大規模失業。有人猜測疫情危機可能是由以世界經濟論壇爲中心的全球精英上演的，作爲啟動大重構的藉口。除了剛剛提到的「大流行」演習之外，瑞士政策研究還指出了世界經濟論壇在促進數碼生物識別系統、推動其全球青年領袖在政府管理新冠病毒危機以及倡導爲兒童接種疫苗等方面發揮的作用，「數碼識別的入口點。」

世界最大的資產管理公司與它們的持股

2019年6月13日，世界經濟論壇與聯合國簽署諒解備忘錄，形成以推進聯合國「2030年可持續發展議程」為核心的伙伴關係。此後不久，世界經濟論壇發佈了「聯合國-世界經濟論壇2030年議程戰略夥伴關係框架」。世界經濟論壇承諾「資助」聯合國的氣候變化議程。該框架還承諾世界經濟論壇將幫助聯合國「滿足第四次工業革命的需求」，包括為「數碼治理」提供資產和專業知識。

2030年議程似乎是為聯合國-世界經濟論壇的伙伴關係而量身定制的。它採用了幾十年前施瓦布引入的利益相關者概念。「利益相關者」一詞在2030年決議中使用了不下13次。因此，大重構可以部分理解為世界經濟論壇對2030年議程的貢獻。2020年6月，世界經濟論壇舉行了大重構高峰會，作為世界經濟論壇第五十屆年會，由於新冠肺炎疫情而推遲並重新聚焦危機，並宣佈大重置的正式啟動。

2020年7月19日，新冠危機爆發僅幾個月，也就是年會後僅一個月，克勞斯·施瓦布和蒂埃里·馬勒雷（Thierry Malleret）發表了《Covid 19: the Great Reset》。都靈大學倫理與新興技術研究所的常務董事史蒂夫·烏姆布雷羅在他對宣言的學術評論中寫道：儘管並非不可能，但提出這些論點的關於這一特定主題的書的出版速度確實影響了這本書所引發的陰謀美學。儘管作者對在一個月內撰寫和出版這本書是透明的，但這既不能證實這種說法的真實性，也不能消除那些質疑其權宜之計的人的懷疑。

大重構的總體計劃

　　世衛組織宣佈「大流行」與該書出版之間的短暫間隔並不是引發圍繞大重構的「陰謀美學」的唯一因素。施瓦布與馬勒雷的文章和其他WEF聲明引發了猜測。他們高調宣佈，他們對疫情的發生，民眾的死之並並非不感到遺憾，但Covid-19代表了「可以抓住的機會」和「我們應該利用這個前所未有的機會重新構想我們的世界」以及「必須抓住時機，利用這一獨特的機會之窗」和「對於這些公司而言，『大流行病』是一個獨特的機會，可以重新思考他們的組織並實施積極、可持續和持久的變革」、「或者那些幸運地發現自己在『自然』地適應『流行病』的行業，這場危機不僅更可以忍受，而且一次甚至是盈利機會的來源大多數人的痛苦」最後一句話可能暗示了大重構的總體計劃。

　　大重構結合了人類生活中所有可以想像的領域的重構：經濟、環境、地緣政治、政府、工業、技術、社會和個人。大重構帶來了令人眼花繚亂的經濟融合，這個經濟融合稱爲「企業社會主義」，或者施瓦布後來所說的，「共產主義式資本主義」。施瓦布和達沃斯稱這個系統爲「利益相關者資本主義」。利益相關者資本主義涉及對公司的行爲進行修改以使「利益相關者」受益。利益相關者是指從公司行爲中受益或損失的任何人或任何團體，除了競爭對手。利益相關者資本主義不僅包括企業對氣候變化等生態問題的反應，「但也要重新考慮他們（企業）對生態系統內已經脆弱的社區的承諾。」這是利益相關者資本主義和大重置的「社會正義」方面。政府、銀行和資產管理公司使用環境、社會和治理（ESG）指數將未覺醒的參與者擠出市

場。ESG指數本質上是評級公司的社會信用評分。集體主義計劃者將生產的所有權和控制權從不合規的人手中趕走。作為世界經濟論壇眾多「戰略合作夥伴」之一，全球最大的資產管理公司貝萊德堅定地支持大重置計劃的利益相關者模式。

在2021年致CEO的一封信中，貝萊德的CEO拉里·芬克（Larry Fink）宣稱，「氣候風險就是投資風險」，「可持續指數投資的創建使資本大量加速流向為更好地應對氣候風險做好準備的公司。」芬克指出，「大流行」加速了資金流向可持續投資的速度：「我們一直相信，如果您能夠為所有利益相關者創造持久、可持續的價值，我們的客戶，作為貴公司的股東，將會受益……隨著越來越多的投資者選擇將投資轉向以可持續發展為重點的公司，我們所看到的結構性轉變將進一步加速。由於這將對資本的分配方式產生如此巨大的影響，因此每個管理團隊和董事會都需要考慮這將如何影響他們公司的股票。」芬克的信不僅僅是給CEO的報告。這是一種隱含的威脅。與此同時，根據ESG指數和其他金融工具進行的投資正在美國獲得法律效力，拜登政府最近發佈了「美國氣候相關金融風險：第14030號行政命令」。

施瓦布和馬勒雷將「利益相關者資本主義」與「新自由主義」相提並論，「思想和政策的集合……贊成競爭而不是團結，創造性破壞而不是政府干預，經濟增長而不是社會福利。」也就是說，「新自由主義」指的是所謂的自由市場。因此，利益相關者資本主義反對自由企業制度。這不僅意味著企業與國家和非政府組織的合作，而且還意

味著政府對經濟的干預大大增加。

施瓦布和馬勒雷特推動「『大』政府回歸」，彷彿它曾經退卻：他們斷言，如果「歐洲和美國的過去五個世紀」教會了我們什麼，那就是「急性危機有助於增強國家權力。情況一直如此，沒有理由與疫情『大流行』。」施瓦布和他的公司將新自由主義的稻草人豎立為我們經濟困境的根源。但是，政府偏袒行業和行業內的參與者或社團主義，也稱為經濟法西斯主義，而不是公平和自由的競爭，是施瓦布和他的同類顯然譴責的真正根源。

大重構極大地增加了社團主義或經濟法西斯主義。雖然獲得批准的公司利益相關者不一定是壟斷企業，但大重置的趨勢是壟斷——盡可能多地控制這些受青睞的公司的生產和分配，同時消除被認為不必要或有害的行業和生產商。為了實現這個重置，「從美國到中國，每個國家都必須參與其中，從石油和天然氣到科技的每個行業都必須轉型」，威權主義的施瓦布寫道。毫不奇怪，利益相關者資本主義被視為實現社會主義的新途徑。利益相關者資本主義傾向於「企業社會主義」，這是理解大重構的整體經濟學的兩種方式。已故歷史學家和胡佛研究所學者安東尼·C·薩頓(Anthony C. Sutton)將企業社會主義描述如下：老約翰·D·洛克菲勒和他19世紀的資本家同僚堅信一個絕對真理：在競爭激烈的自由放任社會的公正規則下，不可能積累大量的貨幣財富。

獲得巨額財富的唯一可靠途徑是壟斷：驅逐你的競爭對手，減

少競爭，消除自由放任，最重要的是通過合規的政客和政府監管爲你的行業獲得國家保護。最後一條途徑產生了合法的壟斷，而合法的壟斷總是會帶來財富。這個強盜男爵模式也是……社會主義計劃。公司國家壟斷和社會主義國家壟斷的區別，本質上只是控制權力結構的集團身份，我們把這種企業合法壟斷現象，利用政治影響力獲得市場控制權，稱爲企業社會主義。企業社會主義的趨勢是走向兩級經濟，壟斷和國家在上，而「實際存在的社會主義」則在下面。「實際存在的社會主義」是眞正的社會主義，而不是馬克思和他的追隨者所聲稱的那樣。現在，讓我們看看當代的發展以及它們是如何朝著這個方向發展的。政府採取的嚴厲封鎖措施，恰好完成了像世界經濟論壇這樣的企業社會主義者顯然想要完成的事情。他們摧毀了小企業，從而消除了企業壟斷者的競爭對手。

正如經濟教育基金會報導的那樣，僅在美國，就有數百萬小企業因封鎖而關門。Yelp數據表明，現在60%的企業關閉是永久性的。與此同時，包括亞馬遜、蘋果和 Facebook 在內的大型數字巨頭對巨額收益表示讚賞。例如，在截至2020年6月的三個月內，亞馬遜的「52億美元的季度利潤是該公司自1994年成立以來的最大利潤，儘管這些利潤是由於疫情的防護裝備和其他措施上所賺取的大量資金。」

哈佛大學、布朗大學和比爾和梅琳達·蓋茨基金會的一項數據分析發現，政府強制實施的封鎖對低收入工人造成了沉重打擊，並使上層人士受益。同時，研究表明，封鎖無助於減輕 Covid-19 的傳

播。推進「大重構」議程的發展包括不受限制的移民、對原本合法的過境限制、美聯儲無限制地印鈔、隨後的通貨膨脹、稅收增加、對國家的依賴增加、供應鏈危機、限制和疫苗規定導致的失業，以及個人碳配額的前景。總之，這些和其他此類政策構成了對大多數人的協同攻擊。具有諷刺意味的是，它們也代表了大重構的「公平」方面，如果我們正確理解公平意味著將「普通美國人」的經濟地位與「特權」較低地區的人平等。

這就是覺醒意識形態的功能之一，讓發達國家的大多數人感到不值得擁有他們的「特權」生活方式和消費模式，而精英們正在將其重置爲一個縮減和靜態的新常態，但不是爲了他們自己。大重置的公司利益相關者模型滲透到其治理和地緣政治模型中：國家和受青睞的公司通過「公私伙伴關係」控制治理。這種配置產生了一種企業與國家的混合體，在很大程度上對國家政府的選民不負責任。跨國公司與政府之間的融洽關係甚至引起了一些學者的鄙視。

第四次工業革命

聯合國，世界經濟論壇的伙伴關係和治理模式至少代表了聯合國2030年議程的部分私有化，世界經濟論壇將企業合作夥伴、資金和所謂的第四次工業革命(4-IR)專業知識帶到桌子。世界經濟論壇的治理模式遠遠超出聯合國，影響著世界各國政府的憲法和行爲。這種篡權導致政治學家伊萬·韋克（Ivan Wecke）稱世界經濟論壇爲政府重新設計了世界體系，「企業接管全球治理。」的確如此，但世界經濟論壇模式也代表了私營企業的「政府化」。

在施瓦布的利益相關者資本主義和多利益相關者治理模式下，治理不僅越來越私有化，而且更重要的是，公司被委派為政府機構的主要補充。因此，通過增加巨大的公司資產，國家得以擴展和增強。其中包括針對「可持續發展」的資金，將不合規者排除在外，以及使用大數據、人工智能和5G來監控和控制公民。就 Covid 疫苗制度而言，國家授予大型製藥公司壟斷保護和免責賠償，以換取擴大其強制權力的工具。因此，企業利益相關者變成了我所說的「政府機構」，否則私人組織被用作國家機器，沒有義務對選民負責。由於這些公司是跨國公司，因此無論「單一世界政府」是否正式成立，國家本質上都變得全球化。

似乎經濟和政府的重置還不夠戲劇化，技術重置讀起來就像一部反烏托邦的科幻小說。它基於第四次工業革命(4-IR)。我們被告知，4-IR緊隨第一次、第二次和第三次工業革命，分別是機械革命、電氣革命和數碼革命。4-IR建立在數碼革命的基礎上，但施瓦布將4-IR視為現有和新興領域的指數起飛和融合，包括：大數據，人工智能(AI)，機器學習，量子計算，遺傳學，納米技術和機器人技術(GNR)。最終結果是物理世界、數碼世界和生物世界的融合。

這些類別的模糊最終挑戰了我們理解自己和世界的本體論，包括「作為人類意味著什麼」。具體應用包括無處不在的互聯網、物聯網(IoT)、身體互聯網(IoB)、自動駕駛汽車、智慧城市、3D打印、機器人、納米技術、生物技術、材料科學、能源存儲等。雖然施瓦布提倡4-IR的特定願景，但他從來沒有支持任何原創性，科技在他

眼中只是奴役人類的工具。

　　超人類主義者和奇點主義者(或技術奇點的預言家)，如雷‧庫茲韋爾和其他許多人，早在施瓦布預言它們之前就預測了這些和更具革命性的發展。施瓦布和世界經濟論壇對新技術革命的意義在於試圖將其利用到一個特定的目的，大概是「一個更公平、更環保的未來」。但是如果現有的4-IR發展對未來有任何指示，那麼施瓦布明顯的樂觀是錯誤的，並且4-IR被嚴重歪曲了。

數碼科技獨裁化

　　這些發展已經成爲數碼科技獨裁化：

1. 向用戶提供規定的新聞和廣告，並降低或排除被禁止內容的互聯網演算法。
2. 審查社交媒體內容並將「危險」個人和組織委託給數碼古拉格的演算法
3. 基於搜索引擎輸入的關鍵字權證
4. 跟蹤和追蹤 Covid 嫌疑人並向警方報告違規者的應用程序
5. 帶有二維碼掃描儀的機器人，警察可以識別和圍捕未接種疫苗的人和其他持不同政見者

　　在智慧城市中，每個人都是一個被監控、監視和記錄的數碼實體，而他們的一舉一動的數據都被收集、整理、存儲並附加到數字身份和社會信用評分中……這僅舉幾例4-IR的全景顯示。簡而言之，4-IR技術使人類受制於一種技術管理。施瓦布讚揚將大腦直接

連接到雲並實現思想和記憶的「數據挖掘」的發展，這是一種對決策制定的技術掌握，它威脅到自主性並破壞任何表面上的自由意志。

4-IR加速了人類和機器的融合，導致了一個所有信息（包括遺傳信息）都被共享的世界，每一個行動、思想和無意識動機都是已知的、預測的，甚至可能被排除在外。自然而然地想到了奧爾德斯·赫胥黎的《美麗新世界》。然而，施瓦布將「腦-雲端」接口吹捧爲增強功能，是對標準人類智能的巨大改進。除非從企業社會主義技術官僚手中奪走，否則4-IR將構成一個虛擬的、無法逃脫的身心監獄。

在社會秩序方面，大重置承諾「包容」在「共同命運」中。但「網民」的從屬地位意味著在全球範圍內經濟和政治權利被剝奪、對自我和他人的高度警惕以及社會孤立，或者漢娜·阿倫特所說的「有組織的孤獨」。在 Covid 時代，這種有組織的孤獨感已經體現在封鎖、戴口罩、保持社交距離和排斥「未接種疫苗的人」中。

在社交媒體中，左翼威權主義是我所謂的大數碼的政治意識形態和作案手法，大數據化是新生世界極權體系的前沿。大數據是新興企業社會主義極權主義的通訊、意識形態和技術部門。大重置是建立這個世界體系的項目的名稱。正如克勞斯·施瓦布和世界經濟論壇所希望的那樣，新冠危機加速了大重構。對疫情災難的反應鞏固了對壟斷企業經濟的控制，同時推進了「實際存在的社會主義」。

通過與大型科技公司、大型製藥公司、傳統媒體、國家和國際衛生機構以及順從人群的合作，一夜之間「民主」的西方國家正在轉

變為極權主義政權。因此大重構不是陰謀論：這是一個公開的、有計劃的項目，並且正在順利進行中……！疫情為他們提供了難得的機會，重置世界經濟、人口控制、全球貿易、氣候變化監管、教育、聯合國可持續發展目標……為了「重新排序」、「重新想像」並從根本上改變我們所知道的生活的方方面面。世界各地的人們都意識到，我們永遠不會回到我們過去認為的正常狀態。現在企業已經關閉並且生活已經顛倒了許多個月，主要的國際銀行和援助組織正在伸長他們的手，他們公開告訴我們他們的新常態版本會是什麼樣子。

聯合國永續發展目標（SDGs）

　　儘管您在主流新聞中看不到太多關於它的報導，但在瑞士達沃斯舉行的年度世界經濟論壇將世界上最富有和最有影響力的人聚集在一起，討論如何影響全球事件以支持精英議程。據商業內幕人士稱，達沃斯是僅限邀請參加的會議，將億萬富翁與商界和政界領袖

聚集在瑞士度假勝地。每年商界領袖和國家元首都會就性別平等、風險投資、心理健康和氣候變化作討論。「然而，真正的魔力發生在閉門造車的背後：有錢有勢的人利用這次活動作為一個機會，將他們的分歧從公眾的視線中拉出來。」地球上的大多數國家都受到達沃斯組織和利益階層的影響，達沃斯實現全球「大重置」的議程無論如何都不是秘密。疫情危機如何最有利於他們的國際議程。當然，達沃斯議程包括與世界上最有影響力的超國家組織的合作夥伴關係，例如，比爾和梅琳達蓋茨基金會，戈爾的氣候項目，大會議程包括：嚴格的經濟和旅行控制，控制土地，無現金世界貨幣，強制接種疫苗……還有更多。有充分的理由擔心：經濟急劇下滑已經開始，我們可能面臨自1930年代以來最嚴重的蕭條。但是，雖然這種結果是可能的，但並非不可避免。

查理斯王子（現成為查理斯三世）於2020年初出席：「除非我們採取必要的行動，以更綠色、更可持續、更包容的方式重新建設，否則我們最終將面臨越來越多的流行病和越來越多的災難，全球變暖和氣候變化將不斷加速。」「所以，這是一個時刻，正如我們一直在說的那樣，我們必須盡可能多地取得進展。」

德國總理默克爾在2020年世界經濟論壇上發言：「這種轉變本質上意味著，我們在工業時代已經習慣的做生意、生活和習慣的整個方式都必須改變，我們將不得不在未來30年內將其拋在腦後。。」

當大家看完這篇文章，您可以自己決定這是否是您希望看到的未來，但是主流媒體已不再報導這些主要機構如何不斷操縱人類和經濟事件的新聞，民眾已漸漸被科技和訊息控制，一隻無形的手正主導我們的資訊，左右我們的思想，純娛樂化，享樂式消費，令我們消除對危機的關注，《1984》的世界已經來到我們的眼前！

大重構，最終的壟斷者

大重構（The Great Reset）的真相是企業收購的遊戲，利用全球龐大的壟斷，影響的全球治理，我們的食物、我們的數據和我們的疫苗……「大重構」陰謀論似乎說之不盡。

這些理論是由2019年的世界經濟論壇（WEF）峰會引發的，該峰會的主題是「大重構」，並認為 COVID 危機是解決世界面臨的緊迫問題的機會。據英國廣播公司報導，自世界經濟論壇倡議啟動以來，「大重構」一詞已在 Facebook 上獲得超過800萬次互動，並在 Twitter 上分享了近200萬次。

圍繞大重構的一系列陰謀論令很多人都模糊不清，難以確定，但將它們拼湊在一起會給我們帶來這樣的結果：大重構是全球精英通過廢除私有財產，同時使用 COVID-19 解決人口過剩問題並用疫苗奴役人類剩餘部分來建立共產主義世界秩序的計劃。對2020年峰會前後的閒聊很感興趣，我決定了解 WEF 的大重構計劃的真正內容。陰謀論的核心是秘密議程和惡意意圖。雖然 WEF 的「大重構」倡議中可能在表面沒有甚麼問題，但當細心地更深入探索，可發現邪惡隱藏在不顯眼的細節中。因為它是真實正在發生。它涉及到我們的食物、數據和疫苗等基本的東西。

眞正的大重構是進一步消滅民眾的財富。一個神奇的詞語是「利益相關者資本主義」，這是世界經濟論壇主席克勞斯‧施瓦布(Klaus Schwab)幾十年來一直在錘煉的概念，它在世界經濟論壇從2020年6月開始的大重構計劃中佔據重要位置。這個想法是：全球資本主義應該轉變，使企業不再僅僅專注於爲股東服務，而是通過爲客戶、供應商、員工、社區和其他「利益相關者」創造價值而成爲社會的守護者。

世界經濟論壇主席克勞斯‧施瓦布 Wikimedia Commons,Copyright by World Economic Forum / Ben Hider

　　世界經濟論壇認爲利益相關者資本主義正在實施的方式是通過一系列「多利益相關者夥伴關係」，將私營部門、政府和公民社會匯集到全球治理的所有領域。利益相關者資本主義和多利益相關者夥伴關係的想法可能聽起來溫暖而模糊，直到我們深入挖掘並意識到

這實際上意味著賦予跨國企業更多的社會權力，而民主制度則越來越少，公民權利不知不覺地削減。

大重構原先被稱為「全球重新設計倡議」。該倡議由世界經濟論壇在2000年經濟危機後起草，包含一份600頁的關於轉變全球治理的報告。在世界經濟論壇的願景中，「政府的聲音將是眾多聲音之一，但並不總是最終的仲裁者。」政府將只是全球治理的多利益相關者模型中的其中一份子。

馬薩諸塞大學高級研究員哈里斯‧格萊克曼（Harris Gleckman）將這份報告描述為：「自二戰期間聯合國成立以來，重新設計全球治理的最全面建議。」多方利益相關者夥伴關係是公私伙伴關係。在全球舞台上，其他非政府利益相關者是誰？

世界經濟論壇以其在瑞士達沃斯舉行的「高淨值人士」年度會議而聞名，它將自己描述為一個公私合作的國際組織。世界經濟論壇的合作夥伴包括一些最大的公司，石油（沙特阿美、殼牌、雪佛龍、BP）、食品（聯合利華、可口可樂公司、雀巢）、科技（Facebook、谷歌、亞馬遜、微軟、蘋果）、製藥（阿斯利康、輝瑞、Moderna），在全球治理的多利益相關者網絡中，企業不再為眾多利益相關者服務，而是被提升為全球決策中的官方利益相關者，而政府則淪為眾多利益相關者之一。

在計劃中，跨國企業成為主要利益相關者，政府處於次要地

位，民間社會主要是裝點門面。

多方利益相關者生態系統，這種轉變最具象徵意義的例子可能是聯合國 (UN)於2019年與世界經濟論壇簽署的備受爭議的戰略夥伴關係協議。

哈里斯·格萊克曼(Harris Gleckman)將此描述爲將聯合國轉變爲公私合作夥伴關係的舉措，爲企業在聯合國內部創造了一個特殊的位置。多利益相關方模型已經在構建中。近年來，由多方利益相關者組成的生態系統不斷擴大，遍及全球治理體系的各個領域。現在有超過45個全球多方利益相關者團體在一系列領域制定標準並制定指導方針和規則。根據格萊克曼的說法，這些團體缺乏任何民主問責制，由私人利益相關者(跨國企業)組成，並「招募他們在政府、民間社會和大學中的朋友與他們一起解決公共問題」。

「多利益相關者主義」是世界經濟論壇對「多邊主義」的更新，「多邊主義」是各國共同努力實現共同目標的現行制度。多邊體系的核心機構是聯合國。多邊體系經常被正確地指責爲效率低下、過於官僚且偏向最強大的國家。但它至少在理論上是民主的，因爲它將各國民選領導人聚集在一起，在全球舞台上做出決定。

世界經濟論壇的多利益相關者治理願景不是改革多邊體系以深化民主，而是通過在全球決策中讓政府邊緣化，並讓非選舉產生的「利益相關者」，主要是企業，來進一步消除民主。說白了，多方利益

相關者夥伴關係是全球舞台上的公私型機構的伙伴關係，它們對現實世界有影響，我們的食物供應系統的組織方式，大型科技公司是如何控制言論？疫苗和藥物的利潤是如何分配？

什麼是大重構？

　　了解甚麼是大重構可能很困難，因為有關此事的官方消息來源——世界經濟論壇，大重構背後的主要推動者，及其附屬組織和個人，用模糊不清，模稜兩可的詞語來掩蓋他們的目標，例如大重構的主要口號——「重建得更好」，這口號式的詞匯在他們的計劃項目中經常使用，是模糊的、非特別積極的語言。這些通常是從表面上看沒有人不同意的詞。「誰會反對重建得更好？」這些話意味著別的東西，人們不應該從表面上接受大重構只是「重建得更好」的想法，而不是從表面上接受五分之四的醫生的說法。

　　那麼什麼是大重構……？

　　大重構的核心是試圖通過私營公司而不是僅僅通過政府來實施由企業控制的新社會主義。將其視為「具有亞馬遜 Prime 特徵的新社會主義」。話雖如此，政府肯定會在大重構中發揮作用，尋求更高的稅收，富人將能夠避免使用律師和會計師的團隊增加額外的官僚繁文縟節。美國大重構計劃的一個很好的例子是倡議綠色新政，我們將在後面更詳細地討論。

以下是大重構的表面包裝：「共享經濟」。什麼都是租的，現實什麼都不擁有的數碼媒體，這將更容易禁止和壓制與流行敍述背道而馳的書籍和視頻。

社交媒體限制：事實上，人們常談及的公共網絡空間，將僅限於吹捧這些言論的精英手中。一個事實上的社會信用體系：那些偏離敍述的人將被列入經濟黑名單，失去他們的「利益」，信用評級將越來越成為日常生活甚至生存所必需的。

住房和土地的集中化：越來越少的美國人將擁有他們居住的房產「種族平等」：一些種族將比其他種族更加平等，優先群體成為慷慨福利計劃的接受者，這種群體資助卻不太受歡迎，美國人越來越成為稅收奴隸。

氣候變化：以保護環境為藉口，降低中產階級生活水平，加大對行動自由，甚至食物獲取的限制。

利用暴徒：挑動暴徒讓他們不受懲罰地行動，以暴力恐嚇攻擊系統的敵人。

財富集中：財富將集中在政權及其盟友手中，作為控制政治話語和個人自由的經濟槓桿。

控制食物的未來

　　2021年秋季，聯合國在羅馬主辦世界糧食系統峰會（FSS）。因為世上39億人——超過世界人口的一半——目前正在與飢餓和營養不良作鬥爭，即使有足夠的食物來養活世界。但2021年的峰會與以往的聯合國糧食峰會有很大不同，它採用了「多方利益相關者的包容性」，私營部門在其中發揮了「重要作用」。2019年的一份概念說明顯示，世界經濟論壇將參與組織峰會，但目前尚不清楚世界經濟論壇的作用是什麼。「放棄農藥不在桌面上。怎麼會？」關注食品和營養的人權組織 FIAN International 的蒙薩爾維（Sofia Monsalve）問道。「沒有關於土地集中或讓公司對其破壞環境和濫用勞工負責的討論。」這符合蒙薩爾維所看到的現象，即主導食品行業的大公司不願修復生產系統的弊端。「他們只是想提出新的投資機會。」

　　FIAN International和其他300個組織在致聯合國秘書長安東尼奧·古特雷斯的公開信中表達了他們對「多方利益相關者」的擔憂。在與簽署這封信的民間社會團體會面時，聯合國副秘書長阿米娜·穆罕默德向他們保證，強而有力的保障措施將防止企業壟斷，「只允許公平的平台或市場，不允許任何一家公司控制全球食品。」但對於蒙薩爾維來說，「這只會讓情況變得更糟。現在企業可以保護自己的利益並躲在這些平台後面，因為不清楚誰在其中。」事實上，在官方網站上找不到企業合作夥伴名單。這封信的簽署者擔心，隨著企業參與峰會，食品將繼續得到處理，「作為一種商品，而不是作為一種人權」。如果保持不變，工業食品系統將繼續對人類和地球的健康產生不可逆轉的影響。

大數據統治世界

利益相關者資本主義發展的另一個里程碑可以在大型科技領域找到。作爲其2020年數碼合作路線圖的一部分，聯合國秘書長呼籲成立一個新的「戰略性和授權的多方利益攸關方高級別機構」。同樣，要找到一份利益相關者名單並不容易，但在爲路線圖挖掘了一長串「圓桌會議參與者」之後，包括：Facebook、谷歌、微軟、世界經濟論壇。儘管這個新機構制定的職能相當模糊，但民間社會組織擔心這將歸結爲大型科技公司創建一個全球機構來管理自己。這有可能使這些公司對全球和國家有效監管的抵制制度化，並增加它們對政府和多邊組織的權力。如果該機構取得成果，它可能是GAFAM（谷歌、蘋果、Facebook、亞馬遜和微軟）與政府就逃稅、反壟斷規則及其對社會不斷擴大的權力進行的持續戰爭中的決定性勝利。

COVID 然後是 COVAX

COVAX倡議旨在「加快COVID-19疫苗的開發和製造，並保證世界上每個國家都能公平和公正地獲得疫苗」。再一次，這聽起來很棒，尤其是考慮到富裕國家和發展中國家之間疫苗接種水平的驚人不平等。但是，作爲聯合國一部分的世界衛生組織（WHO）爲什麼不發號施令呢？

非政府組織人民健康運動的蘇拉克沙納·南迪（Sulakshana Nandi）說：「各國應該通過世界衛生組織等多邊機構共同就全球健康問題做出決定，並可能得到其他人的一些技術支持，」該組織最近發佈了一份關於COVAX的政策簡報。他們只想有新的投資機

會，COVAX是由另外兩個團體GAVI（疫苗聯盟）和CEPI（流行病防範創新聯盟）與WHO合作成立的多利益相關者團體。GAVI和CEPI都與世界經濟論壇（CEPI的創始人之一）以及比爾和梅琳達蓋茨基金會有著密切的聯繫，並且均與（疫苗）公司有聯繫，例如，輝瑞、葛蘭素史克、阿斯利康、強生，通過製造商合作夥伴關係（GAVI）或作為「支持者」（CEPI）。儘管COVAX主要由政府資助，但正是這些以企業為中心的聯盟負責監督其推出。

當南非和印度在去年底提出所謂的TRIPS豁免時，「多利益相關方」的方案與「經典」多邊方案之間的對比浮出水面。南非和印度要求暫時取消所有COVID-19技術的知識產權規則，以促進發展中國家的疫苗和其他基本醫療產品的製造和分銷。世衛組織總幹事譚德塞在講話中表示，他支持這一提議。

「但全球疫苗和免疫聯盟、比爾和梅琳達・蓋茨基金會，甚至比爾・蓋茨本人，以及大型製藥公司都非常強烈地反對這一提議。」南迪說。「對他們來說，保護自己的利益和市場機制比保護全民健康或保護人們免受新冠病毒感染更為重要。」同樣，在聯合國執行的以人權為主導的方法，與由代表公司利益的「多方利益相關者」執行的以利潤為主導的方法，兩者之間存在一個嚴峻的差異。就COVAX而言，它未能實現為中低收入國家20%的人口接種疫苗的適度目標。

因此，即使世界經濟論壇（或比爾・蓋茨）無需對COVID大流行負責，即使疫苗沒有配備微芯片來控制我們的思想，全球治理領

域確實發生了一些可疑的事情......如果你重視你的公共衛生、隱私、獲取健康食品或民主代表權，那麼在下次達沃斯峰會上出現「利益相關者資本主義」這個詞時就要小心。

世界經濟論壇全球主義者克勞斯施瓦布在他的著作《Covid-19 - The Great Reset》中斷言，儘管他承認冠狀病毒「不會構成新的生存威脅」，但世界將「永遠」不會恢復正常。

《COVID-19 The Great Reset》

Breitbart 的James Delingpole揭示了施瓦布在書中關於精英們利用COVID-19「大流行」的計劃，比起他的公開聲明中有更加明確的方式。施瓦布一直主張利用COVID來推動新的世界秩序，聲稱，「現在是歷史性的時刻，不僅要對抗......病毒，而且要塑造系統......為後疫情時代。」然而，他在書中走得更遠，明確表示金融精英永遠不會讓生活恢復正常，這表明滾動封鎖和其他限制將成為永久性的。「我們中的許多人都在考慮什麼時候會恢復正常」，施瓦布寫道。「簡短的回答是：永遠不會......任何事情都不會恢復到危機前盛行的『破碎』常態感，因為冠狀病毒大流行標誌著我們全球發展軌

跡的一個基本轉折點。」儘管承認與以前的流行病相比，COVID 構成的威脅相形見絀，但這位全球主義者還是做出了這一斷言。「與過去的某些流行病不同，COVID-19不會構成新的生存威脅。」他寫道。

施瓦布明確表示，「第四次工業革命」或「大重構」將從根本上改變世界的運作方式。「這種後果的根本性變化正在到來，一些專家稱之爲『冠狀病毒之前』(BC)和『冠狀病毒之後』(AC)時代。

「我們將繼續對這些變化的速度和意外性質感到驚訝！當它們相互融合時，將引發二階、三階、四階和更多階的後果、級聯效應和不可預見的結果，」他寫道。正如德令波爾在他的專欄中解釋的那樣，「大重置」僅僅代表對舊全球主義議程的重新包裝，即是少數精英的技術官僚獨裁統治「綠色新政」：逐步廢除私有財產、有保障的最低工資、人類工作被機器人取代、對人身自由的鎮壓、限制行動自由。正如我們之前強調的那樣，世界將永遠不會恢復正常，此想法正在被整個機構所推動。

這種變化會是什麼樣子？

全球精英想要創建一個一無所有的租房者社會，同時也推動一個不受大衆歡迎的社會議程，這在一個擁有廣泛的、以所有權爲基礎的中產階級的社會中難以實施。這意味著你不僅要租你的房子，還要租你的手機、電腦、汽車(儘管你可能會「共享汽車」，這個術語指的是當你需要一輛車時租一輛車，當你需要時召喚一輛車兜風)，甚至你

做飯的鍋碗瓢盆。這種情況的另一面將是世界經濟的徹底轉變。

　　未來您將不再擁有傳統意義上的工作。每個人的成為數據，健康、財產，甚至每日的所做的一切都成為沒有私隱的大數據，取而代之的是，您將從事被人工智能和大數據所控制的工作，您隨時成為莫須有的黑名單，這些都使您在任何時間都突然處於危險的狀態。您將喪失所有福利、帶薪休假、醫療保健或西方中產階級已經習慣的任何其他服務。為了促進大重置，農村人口將不得不被迫進入更集中的人口中心，因為分散的人口具有過高的「碳足跡」。 隨著郊區和郊區變得更像城市，郊區將成為過去。混合用途住房，您和其他500人住在一個中層公寓蜂巢中，在同一區域內有商店和「工作共享」空間（新版本的辦公室 - 由您自己提供，而不是您的僱主）。

氣候變化和大重構

　　曾有陰謀論研究說「最好控制民眾的計劃，最可能的答案就是通過氣候變化。」全球疫情令到經濟停擺。施瓦本和一些天氣專家說「疫情的好處之一是它們顯著減少了碳排放，從而在疫情期間拯救了地球。」專家的結論是氣候封鎖（因天氣問題，而控制民眾各種自由）是氣候變化的可行解決方案：人們是否相信氣候變化存在並且是由人類引起的，這無關緊要。關鍵是修復地球的負擔，如果這樣的事情是必要和可能的，是否應該由個人消費者和普通人來承擔。也許並不奇怪，像比爾蓋茨這樣的億萬富翁（COVID-19封鎖和大重構的大力推動者）認為應該如此。這才是真正的意義，「我們誰都跑不了」。

氣候變化可能是最好控制民衆的計劃。

　　有沒有人眞的相信像比爾蓋茨這樣的達沃斯與會者將生活在密集的混合用途社區，或者吃蟋蟀肉餅作爲他們的主要蛋白質來源？當然不是⋯⋯他們將繼續過著他們目前生活的富裕生活方式，而我們其他人則受苦。你我應該承擔氣候變化負擔的想法稱爲「氣候緊縮」。普通人必須勒緊褲腰帶，降低生活水平，這很可能是一次完全不切實際的拯救地球的嘗試。這是一個與「大重構」密切相關的概念，也是一個例子，說明如何利用其他「大流行」以外的東西來讓美國人和世界其他地方從根本上改變他們「允許」做什麼的觀念。我們應該回想起那些跨國慈善組織的廣告，那些陳詞濫調，空泛的宣傳短語。氣候變化的一個組成部分是戰爭，一個沒有武器的戰場，控制私人交通工具、商業航班、甚至個人旅行自由。

　　伯尼・桑德斯（Bernie Sanders）左翼關注的是「財富不平等」，這只是現實生活中無法消除的事實。人比別人多不是社會問題，但少數人擁有一切才是社會問題，因爲它只是通過其他方式實現的社

會主義(集中控制)。它還極大地減少了遊戲中的膚色人數,使經濟和社會氣氛極度動盪。由於各種原因,一家或少數幾家主導房地產市場的公司是危險的。其中最主要的原因是能夠對住房的控制武器化,以對抗政權的批評者。全國地主有社會信用體系,誰還需要政府制定社會信用體系?當然,通常的傻瓜會為此辯護,因為它是由私人公司完成的。值得注意的是,暫停驅逐有利於大房東,他們可以數月或數年沒有收入,而小房東則不能。暫停令是由 CDC 頒佈的,顯然它現在有權控制美國的出租物業。

行動中的大重構 - 社會信用

　　大重構全都集中在「種族平等」上,這個詞幾乎在 2020 年大選前後突然出現,主流媒體一直大量使用,就好像它是每個人經常使用的詞一樣。

　　我們正處於奧威爾的《1984》,大洋洲一直與東亞國交戰。「公平」實際上意味著,不要過分依賴奧威爾,所有種族都是平等的,但有些種族比其他種族更平等。這是大重置的一個關鍵目標……該論點基本上認為,解決美國種族差異的唯一方法是向據稱「受壓迫」的群體提供特殊福利和特權。由於政府福利計劃是零和遊戲,這些援助計劃和特權必須由其他人支付。每發放一美元的福利金,其他人就會損失一美元的收入。對於為「受保護階層」預留的工作機會或大學職位,其他人便會丟失一些東西。推動「公平」的一個關鍵部分是攻擊反對它的人。

作爲一種意識形態的「公平」，文化馬克思主義者推動的一系列思想，與喬治‧索羅斯「開放社會」極爲相似但不相關的現象聯繫在一起。對他而言，重要的部分是集中的財富能夠更好地運用「流行的意識形態」。當小企業消失時，使用私營部門執行社會計劃會更容易。同樣，當所有權變得越來越集中時，執行社會信用體系會更容易。企業精英的價值體系衆所周知……保守派已經因爲他們的信仰而被拒絕開設銀行賬戶，而跌入金融黑名單的信仰也越來越多。不難想像，在不久的將來，由科技巨頭和金融巨頭實施的金融黑名單和社會排斥，將包括對所謂種族平等或政權意識形態的任何批評。總的來說，你所看到的是一個金融和社會吸引力極少的系統，剩下的這幾個極點與國家越來越密不可分。這是法西斯主義的本質，它的定義不是任何人的意識形態或政治原則，而是企業部門和行政國家之間幾乎沒有日光的治理體系。

爲什麼要進行大重構？

我們無法推測任何人的內在動機。我們能做的是談論政策在現實世界中的實際影響。大重構的主要有形影響是越來越少的人掌握更多的權力和財富，所有人皆對你、你的價值觀和生活方式懷有敵意。人類歷史上最大的財富轉移發生在COVID-19封鎖期間可能是一個意外，或者是故意的。無論如何，向上的財富轉移發生了。成功很少能滿足，而是助長獲取更成功的渴望。我們應該將這種財富轉移，視爲即將到來的更大財富轉移的前奏。此外，西方中產階級擁有以房屋所有權和退休基金形式存在的巨大財富儲備。這些是

全球精英的白鯨。鑑於所有證據，如果還不相信精英們會不惜一切代價獲得如此龐大的財富儲備，那將是愚蠢的。在可能的範圍內，我們必須讓自己更有韌性。這意味著擁有土地、擁有自己的水井、能夠抵禦風暴的食物供應、有用的技能以及緊密的社區紐帶。這也意味著對精英宣傳活動、立法演習和旨在摧毀你的官僚法令敲響警鐘。準備渡過一個漫長的多天……！

超國家深層政府
Supranational Deep State

超國家深層政府（Supranational Deep State, SDS），是20世紀下半葉合併、與以前截然不同的深層政府的聯盟，它顯然是一個連貫而整體運作的組織。大家不要把它與國家級深層政府混淆，這個由不同國家各自的深層政府共同構成的龐大黑暗聯盟。

深層國家組織在國際上存在了幾個世紀，但受到交通運輸和通訊的阻礙，以往各個組織的合作和溝通不像現今世界那麼容易。中世紀早期的深層政府團體包括耶穌會、聖殿騎士團、光明會和共濟會。對於任何想要了解具有國際影響力的中世紀深層國家集團歷史的人來說，羅富齊銀行王朝是一個很好的起點。與中世紀歷史中的大多數主題相比，這些組織背後的內幕，因缺乏文獻導致解釋更加模糊和有爭議。

彼得・戴爾・史葛(Peter Dale Scott)，他創造了「超國家深層國家」一詞。超國家深層政府同超國家組織是近義詞，超國家組織是指跨國組織或聯盟，其成員國可以跨越國界或國家利益以達成決策，並且可以就與更廣範圍的議題進行投票。超國家組織其實是在二戰之後才逐漸產生的，它們成立的基礎是各主權國家主動讓渡出一部分主

權，將一些事務的處理權交給國際社會。超國家組織卽是承擔其中某一種或幾種主權的國際組織。

從表面上超國家組織本身深層政府所控制，卻漸漸演變出黑暗的超國家的深層政府。從冷戰開始聯合國便被一些政治、歷史研究者稱爲衆多國際陰謀事件的幕後推手！

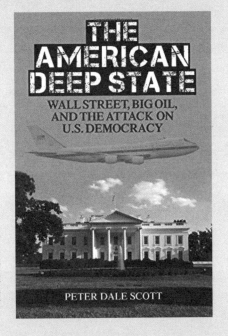

《The American Deep State: Wall Street, Big Oil, and the Attack on U.S. Democracy》作者斯科特認爲華爾街和國際石油等強大的利益集團形成了一個超國家，一再與美國的政策和利益相違背。

　　超國家深層政府（Supranational Deep State, SDS），是20世紀下半葉合併、與以前截然不同的深層政府的聯盟，它顯然是一個連貫而整體運作的黑暗組織，它由於對9-11事所做出一系列掩蓋，因此漸漸被人發現其存在。它不只是高級商業機構、軍事領導人或政治家的聯盟，而是操縱他們的更幕後政治/經濟聯盟。它不是國際的，而是超國家的，也就是說，它實際上控制了大多數國家政府。該組織對情報機構、全球貨幣體系、國家政府和商業媒體等機構的控制是前所未有的，技術變革的速度意味著他們對資訊控制更深入和全面。但是他們控制公衆的能力被證明遠不如十年前那麼令人信

服，更多民眾相信世界是有系統地被一小撮人所控制。此種覺醒可能源於2016年「假新聞網站」活動。該活動旨在增加民眾對「受控制媒體」的信任，提高對「假新聞」的警剔，但產生了相反的效果。SDS控制著科技巨頭，在社交媒體推行諸如「仇恨言論，不實資訊」之類的政策來爲審查互聯網。2020年疫情恐慌以保護公衆健康爲幌子，審查制度達到了前所未有的嚴重。幾乎所有國家/地區都實施了各種不利深層政府訊息的封鎖，以推進SDS對社會的控制。

《時代雜誌》1991年7月29日刊的封面，稱國際信貸商業銀行（BCCI）爲「世界上最骯髒的銀行」。

　　爲了令讀者更明白超國家深層政府，我先從改變世界的9/11事件說起。正如1963年的甘迺迪刺殺案加速了陰謀集團的發展一樣，掩蓋2001年9月11日的罪行，內裡行動的規模和複雜性亦被視爲加速了SDS。儘管各國深層政府之間長期以來一直存在著國際聯盟關係，但它們從根本上仍然是獨立的個體。各個深層政府的交易在性質上往往是有限的，例如深層國家集團在情報機構之間進行針鋒相對的暗殺交易，以規避後勤問題，使國家執法機構的偵查複雜化。然而，9/11將合作提升到另一個層次，因爲它需要多年的精心合作。它涉及許多美國情報機構，沙烏地阿拉伯、巴基斯坦三軍情報

局、以色列摩薩德以及可能的其他機構。

與肇事者的默契

9/11事件改變了遊戲規則，他們選擇與肇事者作出有默契的合作，而不是民衆理解的尋求眞相。從美國政府官員，特別是情報界的行爲，你可能意識到有人正在試圖進行大規模欺騙。無論是出於什麼動機，幾乎所有人都決定對這一欺詐行爲不予公開，卽使是那些名義上該發聲的傳播媒體或執法部門。從這方面來說，這是爲下一個二十年來深層政府的事件——大重構留下的伏筆。

據稱這是突然襲擊，深層政府控制的媒體卻迅速並一致地宣傳美國政府「本拉登幹的，案件結案」的故事。9/11事件官方敍述的第一個正式聲明是由波特‧戈斯(Porter Goss)和鮑勃‧格雷厄姆(Bob Graham)擔任主席的委員會2002年的報告。其中約28頁被審查，該報告被認爲不足以消除公衆的懷疑，因此成立了9/11委員會來試圖確定這一結論。

《New York Post》2001年9月12日關於9.11的頭版報道。

對於研究9/11事件的人來說，整份報告內的不一致之處是顯而易見的。例如聯邦調查局在2007年表示，他們沒有看到任何可信證據表明奧薩馬‧本‧拉登參與了9/11事件。報告爲美國政府對世貿中心雙子塔事件爆炸的各種原因進行調查，不過整份報告甚至沒有提及WTC7，而委員會則簡單地宣稱本‧拉登與高度可疑的交易無關。在9-11在事件發生之前，他們立卽銷毀了所有調查記錄，儘管存在大量大規模金融詐欺的證據。儘管SDS隱瞞証據存在一定的困難，但它們利用美國民衆的悲傷和愛國情緒，而成功控制情緒，當時很少人能夠在情感上準備好批判性地思考整件隱藏在背後的証據。儘管如此，SDS爲了令美國國會通過愛國者法案，甚至製造Amerithrax美國炭疽郵件事件。到2001年底，9/11事件已成爲在國外發動戰爭和使美國社會軍事化的工具。問題最重要是，在缺乏有力証據的「是本‧拉登幹的」故事，從未受到國際組織或國家政府的質疑。

9/11事件的掩飾手段，是從其他僞旗攻擊(例如奧克拉荷馬洲爆炸案)中學習得來。它依賴於控制民衆情緒，製造一個不能否定的事實，卽使沒有証據，只要利用美國民衆的創傷，讓他們無法清晰地思考整件事的合理性。9/11事件中，企業媒體對異議報導迅速鎮壓和滅聲。當天的企業媒體報導本身幾乎都可以在網上依然可以找到，而且仍然是研究人員的非常有用資源。例如《BBC》報導了世界貿易中心有爆炸的炸彈，直到近年這些報導仍在Youtube上可以觀看得到，不過到9月12日時大型媒體受到嚴密的深層政府控制，以至於其報導僅限於無休止地重複一小部分精心挑選的畫面，旨在

加深和延長觀眾的震驚和恐懼狀態。消息靈通的記者開始感到有幕後勢力要控制美國，甚至全球言論的走向，美國深層政府在9/11中已經證明它決心全力掩蓋整件事真相。

2001年9月11日發生的事件仍然被隱藏，儘管有視像媒體提供了令人信服的證據，證明9/11的官方敘述充滿漏洞。數十名目擊者提供的證據，與官方關於19名穆斯林男子密謀攻擊的理論互相矛盾。深層政府對網上媒體深度控制，一直是用來掩蓋真相的主要手段，利用不同原因刪除影片和用戶，從而滅聲。美國深層政府對企業媒體的嚴格控制對於其遏制9/11真相至關重要。雖然在當天的混亂中，有幾篇報道直接與9/11官方敘述相矛盾，這些報道很快就刪除，隨後幾天和幾週內在所有媒體多次重複報導官方的說法。散播官方控制的敘述，解釋火災是如何導致倒塌，一些電視探訪似乎有意識地協調官方的言論，試圖讓觀眾接受官方故事。例如許多「恐怖份子專家」聲稱這些襲擊具有「基地組織的所有証據特徵」，但沒有明確說明這些所謂的証據是什麼。

將異議與瘋狂、精神病連結

直到2019年多家大型科技公司採取公開行動，繼續試圖隱藏9/11事件的證據。稱9/11是以色列做的人被抹黑，質疑9/11的網站，會被黑客連結到稱為「反猶太主義者」的頁面；還在網上作出審查，刪除了許多從MSN、雅虎和其他新聞媒體網站對唐納德·拉姆斯菲爾德、卡爾·羅夫、康多莉扎·賴斯等人物的採訪。Reddit將/r/911truth 的用戶引向 9/11 官方敘述。2020年世界猶太人大會億

萬富翁主席羅納德‧勞德(Ronald Lauder)向由領導喬治‧帕塔基(George Pataki)州長領導下的兩個委員會,推動世界貿易中心私有化,「指責網路散佈針對猶太人的仇恨,並呼籲制定更強而有力的立法來監管仇恨犯罪。」

在2001年,網路迅速發展成為流行的大眾傳播手段。幾年之內「9/11真相運動」就2001年9月11日發生的事情,以及一些隱藏的目的,提出了令人信服的解釋。超國家深層政府的媒體繼續使用「陰謀論」標籤,試圖將異議與瘋狂、精神病連結等同起來(這一想法可以追溯到1964年中央情報局的一份備忘錄,該備忘錄使用相同的方法來處理對沃倫委員會的批評報告)。它也宣揚與9/11有關的奇異理論,進一步抹黑那些試圖揭露9/11真相的人。

相信很多讀者都不知道,許多與9/11有關的人都離奇死亡,儘管在大多數情況下,暗殺而非謀殺或自殺的明確證據尚不清楚。根據網上資料報導,最可疑且記錄最詳細的案件是巴里‧詹寧斯(Barry Jennings)的案件,而大衛‧格雷厄姆(David Graham)的突然離世亦是另一個高度可疑的案件。因9/11而喪偶的貝弗利‧埃克特(Beverly Eckert)拒絕接受9/11補償基金,並表示「我的沉默是買不來的」。她與奧巴馬會面,要求進行真正調查,卻在會面後6天在一次飛機失事中喪生。

對掩蓋事實最直接的挑戰是由傳媒體持不同政見者提出的。2001年10月,日本NHK廣播中心日本恐怖份子專家長谷川浩

曾敦促聽眾質疑美國政府關於 9/11 事件本身的故事。在接下來的幾年裡，超國家深層政府的暗殺小組〔可能由迪克切尼(Dick Cheney)指揮〕解決了提出証據的證人和不被恐嚇而不肯沉默的記者。傳聞9/11事件發生後不久，迪克‧切尼下令仿照以色列暗殺小隊組成一個由中情局組成保密級別最高的暗殺小隊。2009年3月，西摩‧赫什(Seymour Hersh)報告說，一個高度保密的暗殺小組直接向美國副總統迪克‧切尼報告。

因9/11而喪偶的貝弗利‧埃克特(Beverly Eckert)拒絕接受9/11補償基金。

　　美國環保署署長姬絲汀‧托德‧惠特曼(Christine Todd Whitman)對9/11後紐約空氣質素一直隱瞞問題，甚至講大話，導致許多人在協助應對9/11事件時未能採取足夠的防護措施。2016年她第一次承認自己錯誤，並表示「很抱歉。我們已經盡力了……根據我們所掌握的知識」。事實上9/11之後的很長一段時間裡，紐約的空氣都是有毒的。截至2016年9月已有超過37,000人因呼吸受污染的空氣而被診斷出患病，超過1,000人死亡。英國《衛報》曾預測，紐約市因空氣污染而提前死亡的人數將超過9/11當天死亡的人數。急救人員英迪拉辛格(Indira Singh)在接受邦妮福克納(Bonnie Faulkner)訪問時，談到了急救人員出現的症狀以及當局隨後對他們進行的治療：「許多症狀與神經毒性中毒相符。這些只是身體

症狀，在某些情況下，報告說他們的頭髮脫落，甚至牙齒脫落。對我來說，它們與輻射中毒的跡像是一致的。但是我認爲加州的一個小組去紐約9/11原址火災後的瓦礫進行了毒性分析，結果幾乎得出了結論，其中大約有900種污染物，200種不同類型的二噁英，我們有顆粒物，石棉，混凝土。有趣的是，每當我們生病或感覺不舒服時，9/11服務機構和紅十字會都會盡力讓我們接受諮詢，對我來說，在所有的治療結束後，這似乎我們經歷了同樣的事情，海灣戰爭，或其他遭受當地超級基金站點災難的平民，我們都被告知它就在我們的腦海中。這正是9/11發生的事情。……直到我參加了輔導計畫。我們和其他人聚在一起並比較了症狀，我們意識到這是一種由9/11出現的流行病。」到2018年，大約有10,000例癌症病例與9/11事件有關。

以下部分清單的核心源自於馬克·戈頓（Mark Gorton）的「可能謀殺以掩蓋陰謀集團罪行」的清單。

「可能謀殺以掩蓋陰謀集團罪行」清單

1. 伯莎·卓檳（Bertha Champagne）在布殊家族擔任保母多年。她欽佩喬治·W·布殊。據報道，2003年9月29日，她在一次離奇事故中被自己的汽車意外壓死。

2. 威廉·庫柏（William Cooper）在 9/11 事件發生前10週左右，在2001年6月28日在他的電台節目宣佈，「他們（政府）將責任歸咎於烏薩馬·本·拉登，你不相信嗎……他們很快就會做出一些奇怪的事情來獲得Sheeple（大眾）的支持」。當9/11事件發生後不到兩

個月，他就被美國法警局殺害。2001年11月5日，威廉·庫珀在一次對其房屋的突襲中被槍殺。聯邦當局報告稱，庫珀多年來一直逃避執行1998年的逮捕令，據美國法警局發言人稱「他不會被活捉」。

3. 邁克爾·H·多蘭（Michael H. Doran）2009年4月28日死於空難。他是一位律師，免費爲拒絕美國政府提供 9/11 賠償基金的受害者家屬提供幫助。

4. 貝弗利·埃克特（Beverly Eckert）於2009年2月12日死於空難，她是9/11受害者，她對令到丈夫死亡的9/11事件有極大懷疑，直言不諱拒絕接受9/11賠償基金，並強烈聲明「我的沉默是用金錢買不到的」。貝弗利後來成爲9/11眞相運動的著名成員，致力於對當天的事件進行調查。2009年，她與時任總統奧巴馬會面並要求進行眞正調查，6天後貝弗利在科爾根航空3407號航班墜機事故中喪生。

5. 傑伊·弗雷雷斯（Jay Freres）是一名美國深層政府特工，曾在美國國務院工作，協助部分「19名劫機者」獲得簽證。據報道，他死於雷擊。官員聲稱，弗雷雷斯於上午11:30獨自沿著佛羅里達州拉戈市 Egret Drive 的人行道行走時被閃電擊中喪生。

6. 大衛·格林漢（David Graham）2006年9月死於中毒。格林漢是一名牙醫，因他對官方所說19名劫機者內其中兩名產生了懷疑。他獨力調查和尋找証據，編寫了一份大型調查報告，但是聯邦調查局卻忽視他的報告，最後他死於家中，死亡報告說他是死於中毒。桑德希克斯（Sander Hicks）表示，格林漢因拒絕在9/11事件中保持沉默而被防凍劑中毒身亡。在他去世之前，他報稱受到聯邦調查局的威脅和虐待。據報道格林漢死後，聯邦調查局否認在

事件發生之前與格林漢會面，儘管後來聯邦調查局特工史蒂文‧海耶斯(Steven Hayes)承認他實際上在襲擊發生前曾與格雷厄姆會面。他的朋友、路易斯安那州什里夫波特的律師約翰‧米爾科維奇(John Milkovich)向大衛‧格林漢致悼詞。

7. 巴里詹寧斯(Barry Jennings)於2008年8月19日死亡。網路上沒有死亡證明，死因不明，全家人同時失踪，沒有任何解釋。巴里‧詹寧斯是9/11事件的目擊者。當時他是紐約市住房管理局緊急服務部副主任。他與紐約市公司法律顧問邁克爾‧赫斯(魯迪‧朱利安尼的合夥人)一起，在世貿中心7號樓於下午5點20分倒塌之前，被一根長梯子將他從世貿中心7號樓救了出來。詹寧斯多次表示，爆炸將他們困在世貿中心7 號大樓(在世貿中心1 號和2 號大樓倒塌之前)，整棟建築都發生爆炸，直到他在8樓透過破損的窗戶吸引消防隊的注意後才獲救。詹寧斯於2008年失踪，據報導是自然死亡，但他的家人也同時失踪。

8. 肯尼斯‧約翰內曼(Kenneth Johannemann)是世界貿易中心的一名管理員。2001年9月11日，他報告說看到世貿中心的地下室發生爆炸。儘管記者追問「飛機爆炸」，但他還是清楚地證實了大樓之一的地下室發生了大規模爆炸。他還救出了一名因大樓底部發生的爆炸而全身燒傷的人。2008年9月8日，他被發現頭部中槍身亡。

在他死後，有人發佈了一張低解析度、顯然是故意混淆的所謂「自殺遺書」的圖像。該遺書說：「我自殺的原因是我被趕離自己的住所，後來因為無法應對無家可歸的情況。自從9/11以來我也非常沮喪。我喝了太多酒，這毀了我的生活。我因酗酒失去了朋友和

家人，我感到非常孤獨。除了我的貓之外，沒有什麼能讓我高興的了。聽起來很奇怪，但這是眞的。我只想對我這一生中傷害過的人說聲對不起。當我不喝酒的時候，我眞的是一個好人。 我希望人們記住這一點。再見!!! 肯尼約翰尼曼。」

肯尼斯‧約翰內曼的「自殺遺書」

9.菲利普馬歇爾(Philip Marshall)2013年2月2日被槍殺身亡，菲利普‧馬歇爾是一名與中央情報局有聯繫的飛行員，他曾參與列根時期伊朗軍售醜聞的秘密飛行任務。之後他感藉對中情局的認識和獨特的分析力出版了兩本關於9/11的書籍。2013年2月2日，他與參議員鮑勃‧格雷厄姆(Bob Graham)聯繫，並向他發送了一本有關9-11事件的書籍早期版本。2013年2月2日，他被發現與他的孩子和狗一起被槍殺，兇手至今依然逍遙法外。

10.約翰‧奧尼爾(John O'Neill)，據美國公共廣播公司報道，在他去世前的幾年裡，他一直是聯邦調查局阿爾蓋特的首席專家。後

來擔任世貿中心保安主管，但於2001年9月11日上班第一天就死於事件中。當時他被要求在擔任世貿中心安全主管的第一天上班時報到。官方稱這是一件悲慘事故，但許多評論員認為他實際上是在9/11事件中被謀殺，因為他知道阿爾蓋特，拉登和美國政府的秘密關係。

約翰‧奧尼爾於 2001年9月11日上班第一天就死於事件中。

11. 皮特‧拉法(Pete Raffa)，9/11事件後3個月因心臟病發作去世，享年44歲。皮特拉法是俄亥俄州托萊多空軍國民警衛隊第180戰鬥機聯隊的作戰指揮官。在9/11當日托萊多的戰鬥機被要求攔截9/11中所有航機，可能是93號航班，或者是達美航空1989號航班，當時該航班被認為遭遇劫持。五角大廈和新聞報道稱攔截機於10:17緊急升空，因此他們無法攔截93號航班(根據不同的說法，該航班於上午10:03至上午10:10墜毀)，達美航空1989號航班於上午10:18降落。這些 F-16 戰機裝載了500發20口徑 M-61 機砲彈藥。後來在空中時，他們被告知：「如果發現有非軍用飛機向人口密集的地區移動時，你就可以進行交戰」。關於93號航班是否被攔截機追擊，有相互矛盾的訊息，皮特是否知道整個攔截過程和官方公佈的經過有出入，甚至93號航班的真相而被滅口？

12. 凱瑟琳史密斯(Katherine Smith)於2002年2月死於汽車事故，一名警覺的田納西州機動車輛管理局(DMV)的職員，因他發現

有人將身分證出售給5名中東外貌的外國人。2002年2月，就在凱瑟琳本應出庭作證的前一天，她在車內遭到燃燒彈襲擊身亡。聯邦調查局特工 J·蘇珊·納什(J. Suzanne Nash)表示，當局試圖確定汽車起火的原因。油箱沒有爆炸，汽車也只是因碰撞而輕微凹陷。THP 機長吉米歐文(Jimmy Erwin)表示：「她的死亡並非事故本身造成的」，「她是透過其他方式而導致死亡的。」

13. 保羅史密斯(Paul M. Smith)駕駛 ABC 直升機拍攝了聯合航空175 號航班於9月11日撞上世貿中心第二塔的首個鏡頭。2007年10月7日，保羅史密斯被一輛計程車碾壓身亡，計程車司機被一輛黑色汽車攔住。這輛黑車的身份一直沒有被確認。攝影師約翰德爾喬諾(John Del Giorno)和他一起在直升機上。約翰德爾喬諾證實，他是9月11日 News Chopper 7 頻道的攝影師，拍攝了「據稱」聯合航空175號航班撞上第二塔的第一段現場直播鏡頭。約翰·德爾喬諾拒絕透露他在9/11所看到的情況，並且不再回應記者。他是否受到壓力而不能談論他所看到的？

14. 亨特·S·湯普森(Hunter S. Thompson)於2005年2月20日死亡。他是一位著名作家，曾公開批評美國政府對9/11的事故調查。當他被發現死亡時，正在撰寫一篇揭露9/11事件的文章。

15. 維克多·索恩(Victor Thorn)，他是為美國自由報社撰稿的記者。他寫了20本書，主題涵蓋從9/11到比爾和希拉里·克林頓的黑幕，並且是西西弗斯出版社、Babel雜誌的創始人以及WING TV(世界電視)的獨立新聞群組共同創辦人。2016年8月1日被發現頭部中彈死亡。2006年9月11日，他出版了《9/11邪惡》，其中內容報導有關以色列情報部參與9/11事件的證據。美國警方報告

稱，他在54歲生日時開槍自殺，儘管他之前曾表示他永遠不會自殺。令人驚訝的是《美國自由報》並沒有質疑他的自殺行為，不過

出版社在一時間宣傳馬庫夫卡（Makufka）寫了一本關於2021年克里斯托弗·西格的克林頓裹屍袋檔案（Clinton Body Count）死亡人數的書。維基百科已兩次刪除Victor Thorn的頁面，截至20220年，該連結引用了盧森堡名人Victor Thorn的頁面。

維克多·索恩撰寫的《9/11邪惡》

16. 大衛·惠利（David Wherley）是美國空軍少將，曾任哥倫比亞特區國民警衛隊司令。在9/11當天，他負責保護華盛頓特區的第113聯隊指揮官，他允許飛行員隨意射擊空中的飛機。他在2009年6月在華盛頓地鐵列車相撞事故中喪生。

從互聯網流出的線索

在2001年，互聯網的使用層面比現在少得多，反而無政府、無組織、監管少且更難監視。這樣的環境有利於對9/11事件的官方敘述提出挑戰的內容能夠在網上發佈，包括內部人士的洩密。從技術上講，互聯網比電視或報紙等舊媒體更不適合等級控制和審查。早在1980年代，9/11的真正策劃者就很難預見到掩蓋真相的挑戰。

大規模掩蓋9/11事件的證據一旦公開，就會非常引人注目，以至很少有人會相信美國政府的故事，一旦他們認真地看一看這些証據，對政府，對9/11的疑問必定增加。而由於人們會逐漸影響他們的朋友，因此由最初只有少數的反對者，最終可能因越來越多懷疑論者，而美國政府受民眾壓力，可能某些資料和文件會曝光，真相終會水落石出。隨着2020年後，SDS多年來一直在加強互聯網審查和控制，儘管大多數人已經對其9/11的官方敍述表示懷疑，但是SDS的無形之手繼續控制全球民眾的訊息。

進入21世紀，許多國家步伐一致地接受美國政府在9/11之後所講的反恐戰爭，給人的印象是戰爭是不可避免的，或者至少戰爭行為是可以理解的。超國家深層政府有一套劇本來執行默許和顛覆世界標準的程序，這有助於解釋為什麼很少有人公開質疑反恐戰爭的官方說法，而被商業控制的媒體報導更是反恐戰爭的推手。

從表面上看，沒有證據支持利用反恐行動將政府的金錢直接轉移到深層政府的權貴手中，而反恐行動的巨額支出與公民的福利支出更沒有任何關係。但是民眾可能注意到美國如何同時推行愛國者法案和入侵阿富汗，因9/11效應而合理化。民眾注意到缺乏關於如何應對「恐怖主義」的辯論，或者經常未能對此類事件進行調查。圍繞9/11事件的解釋的失誤，利用謊言掩蓋另一個謊言。經歷了半個世紀的知更鳥行動的詭計之後，美國民眾並不難被愚弄。不過隨著時間轉移，民眾對盲目信任政府的危險越來越警惕。

現在超國家深層政府絕對是充滿不確定性，全球金融、經濟、各個地區的衝突，全球各個國家的深層政府的勢力會為利益而做出意想不到的事情。全球互聯網對現代社會的每個環節都擁有無與倫比的控制權。互聯網使我們生活在謊言中，每個人都知道這一點，超國家深層政府此刻正在摧毀你我的現實世界，當民眾對地緣政治真正運作方式的認識迅速提高，超國家深層政府的統治看起來是冒著越來越使出的風險。COVID-19深度事件涉及數百名彼爾德伯格成員和世界經濟論壇成員，暴露了全球主義者的影響，並嚴重破壞了對商業控制媒體和其他受控制機構（如衛生官僚機構）的信任。同

《The New York Times》嘲諷Donald Trump對抗的「深層政府」並不存在。

時加速發展的技術也令到對「超國家深層政府」的抵制全球化。互聯網最初是在冷戰期間爲抵禦與蘇聯的核交火而開發的，現在仍然是尋求結束永久戰爭時代的和平活動家的巨大希望。儘管爲改變它們做出了越來越多的努力，但選舉、金融、政治和法律制度等關鍵社會制度仍然僵化。人們想起已故的約翰·甘迺迪的一句話，「那些使和平革命成爲不可能的人將使到暴力革命不可避免。」

超國家深層政府正在全球範圍內積極推行社會工程。自從它控制了世界貨幣體系以來，它一直在推行金融化議程，擴大貨幣的影響範圍。這導致了激進的私有化和經濟全球化的新保守主義政策。促進全球控制的願望，導致了政府必須遵守的「超國家機構」出現。雖然對貨幣和銀行業的控制是合法的，但SDS同時控制著大量的非法企業，例如全球武器貿易和全球毒品貿易（最顯著的是通過中央情報局）。理論上，各國政府不對金錢負責，而是對人民負責，SDS卻對其進行秘密顛覆，以民選政府的做法符合其想法。正如艾米·貝克·本傑明（Amy Baker Benjamin）所指出的那樣，媒體對這一事件的沉默反映在大量據稱獨立的機構身上，這些機構嚴重偏離標準操作程序，單方面宣傳美國深層政府當天的官方敘述。截至 2018 年，沒有任何國際法律程序審查過當天發生的事件。例如北約有一個官方程序，成員可以通過該程序在涉嫌攻擊的情況下援引該條約的相互自衛條款，在9/11事件卻沒有跟進。從那天起，本應獨立的機構未能對9/11事件提出質疑，這構成了對公眾信任的巨大背叛。這樣的背叛是有力的證據當 SDS 另有要求時，民族國家不站在本國公民的一方。

所以回看9/11的疑問，任何仔細觀察過9/11事件的人都應該從迷霧中看到不同國家的影子，把不同國家背後勢力串連在一起，形成一個單一的、超國家的背後龐大勢力，那就是近代「超國家深層政府」。整事件是由許多美國情報機構、巴基斯坦ISI、沙地亞拉伯的Al Mukhabarat Al A'amah、以色列 Mossad 和其他情報機構聯合掩蓋。越來越多細節告訴我們，來自遜尼派瓦哈比主義、國家資助的基地組織，是中央情報局保護的眞正策劃者；美國政府內部人員組織秘密軍事鎭壓的軍團，爲的是全球政府腐敗的大局，這導致整個9/11事件被隱瞞，卻因此令個超國家深層政府 SDS 曬光。

作者簡介

關加利 Gary Kwan

網台神秘學節目《無奇不有》及音樂節目《音樂次文化》主持。
一個平凡的香港人，自由工作者。從事音樂、影視幕後工作，公餘時在網台製作音樂和神秘學節目。

深層政府 III
DEEP STATE 超國家大重構

作者　　：關加利 Gary Kwan
出版人　：Nathan Wong
編輯　　：尼頓
封面繪圖：暗黑指紋：偉安

出版　　：筆求人工作室有限公司 Seeker Publication Ltd.
地址　　：觀塘偉業街189號金寶工業大廈2樓A15室
電郵　　：penseekerhk@gmail.com
網址　　：www.seekerpublication.com

發行　　：泛華發行代理有限公司
地址　　：香港新界將軍澳工業邨駿昌街七號星島新聞集團大廈
查詢　　：gccd@singtaonewscorp.com

國際書號：978-988-70099-2-4
出版日期：2024年7月
定價　　：港幣150元

筆求人
Seeker Publication

PUBLISHED IN HONG KONG